刺脊山莊

班傑明著　烏鴉巢繪

目錄

一、冬日君主

我沿著蒼白碎石鋪成的小徑，繞進了她所在的地方。

這裡栽種了許多香草，綻放的花朵繁盛交織。而她正坐在天使雕像旁，若有所思地凝望滿是白花的山坡。

我屏息放輕腳步靠近。

她身穿淡藍洋裝，宛若與石像同化一般靜止著，只有落在肩窩的細髮正閃爍著淡褐光澤。

「老師，你來啦。」她倏然開口，但心緒依然在遠方。

「嗯，要回去了嗎？」

「我想再坐一陣子，我和你說啊……最近，我常有個念頭，好想找地方逃跑，但老是做不到。我有種預感，這樣的人生大概會持續一輩子吧。」

「不會，別這麼悲觀。」

我走到她的身旁，伸出雙臂環繞住那微微弓起的嬌小肩膀。

「嗯。」

她被擁抱時，會閉著眼仰向天空，那姿態，彷彿在期待一場大雨落下，或者千吻輕墜臉頰。

平穩而和睦，沒有一絲羞怯的笑容，讓我驀地浮現了強烈的寂寞感。
我想，那寂寞感大概源自於人與人之間，總是充滿無數謊言這件事。
我想到了自己的兒時玩伴。
小時候，家境仍算富裕的我，除了讀書外，並沒有什麼特別明確的目標。
我的同伴卻不一樣。少年體弱多病的他，曾孕育出了無數不可思議的幻想。後來，我誤打誤撞成為作家，或許，也該拜他學生時代那些天馬行空的靈感所賜。
畢業後，他與我失聯好幾年，某日又毫無預警地找上門來。
在夜晚酌酒時，他曾對我說：「安息香，我從沒有在你身上感受到一種強烈的執著。真可惜，否則你應該會比現在有更高的成就。」
這段話至今仍深深縈繞在我心中。
然而，就在不久後，他騙走了雙親留給我的所有遺產。
說是要投資，卻捲款而逃，不過，我並不特別怨恨他。
畢竟，他還是得到了應有的代價。
他是海底被發現的。
身體已經浮腫，雙足因為遭水泥固定而無法掙脫。
漁夫們說，他們是在一片黑壓壓水生植物裡發現了這具屍體。
宛若被濃霧繚繞一般。

我想，他大概是招惹了黑道或者討債集團吧。

一貧如洗的我，失去所有資產後，要單靠寫作維生實在有些難度。

不知道是否真為巧合，竟有某位權貴人士慕名而來，希望我指導他朋友的獨生女。

她叫做依蘭，住在一間名為「刺脊山莊」的別墅之中，是名古怪富翁的千金。

不過，我現在的身分，與其說是家教，更像是在照料她的起居。

而曾被他說過，毫無執念的我，此刻，卻不知怎麼，萌生了一股很深的衝動。

我想要傷害她，傷害這樣一位完美的人，讓她感受常人所感受的痛楚。

「老師？」她又呼喊了我一次。

「什麼？」我回過神時，她已經離了我有段距離，像是被瞬間傳送到了遠方。

「快來呀。」她雙手揹在腰後，輕盈地朝屋內走去。

「嗯。」

為何萌生這股衝動？我暫時僅能歸類於出自「妒忌」。然而捫心自問，真有那般簡單嗎？說不定，其實我還是個連自己都不曉得，長年壓抑嗜血慾望的虐待狂？

又或許，兩者皆是。

在我剛到刺脊山莊時，依蘭對我非常冷漠。

對話時，眼神總是飄忽不定，輕描淡寫地淺淺帶過，內容也是吞多吐少，偶爾還會撒謊。

除非我先打招呼，否則她就像是見著路旁野草般漠不關心。起初，甚至不願叫我「老師」，而是「安息香先生」。

與現在判若兩人。

「好慢喔！」

她又碎步奔回，挽起我的手，肌膚與肌膚相疊瞬間，彷彿所有溫度都寂然消逝。

真的好寒冷。

我勉強壓抑差點迸出齒縫的嘶嘶聲，穩住心跳，繼續行動。

我們終於回到了屋內，家具一塵不染，像是有人悉心整理過。

雖然從未親眼見著，但這裡一直有傭人照料環境與備足菜餚。

「我要去看書了。」

依蘭放開我的手臂，叮叮咚咚，踮著腳尖往走廊盡頭而去。

體溫再次回升。我不禁鬆口氣，從認識這名美麗的少女開始，她就充滿了謎團。

依蘭的體溫永遠比常人低了許多，脈搏也緩慢地不可思議，而刺脊山莊附近的野生動物，貌似都對她視而不見，或是將其當作死物。

這些，都是等我與她關係較為親密後才察覺到的事情。

而她願意對我敞開心胸的契機，是在某次深夜。

當時，我正在書房，以稿紙和鋼筆寫著小說，耳機放著白噪音，突如其來地，聽到庭院傳來了震天的野獸咆哮。

一開始，我還認為只是那些動物在爭奪地盤時的叫囂，無須多加理會，卻沒料到，緊接著，傳來了響亮的人類女子尖叫聲。

我直覺不妙，匆匆披了件薄外套，並掏摸口袋，確認裡頭的東西還在，穿過大廳時，順手拿起了長筒裡的洋傘，急忙趕至聲源。

當時，依蘭跌坐在山坡上的天使雕像旁。

月光下，她的五官模糊不清，失焦的影子蔓延了空間。

在她面前則站了隻巨大的黑犬。

牠注意到了我，將頭朝著我的方向。無視因為恐懼而扭曲面孔的依蘭，直直走來。

滋嘶，牠的獸足放下之處，竟傳來高溫鐵塊浸入冷水的聲響。

不過，僅僅走了兩步，牠便停下動作。

我這才看清，那頭怪物全身纏滿黑色火焰，身高兩米，彷彿由噩夢的餘燼所創造。

牠燃燒般的毛皮之下，藏有數百隻眼睛，吐出的氣息融化了那些不知名的雜草。

「欸。」

牠忽然發出了聲音。

我的力量頓時像被抽走一般，不聽使喚。

我認得那聲音，是水底的兒時玩伴。

「你不該在這裡的。」

接下來是我死去父親的聲音。

我顫抖地將手放進口袋，將指尖用力壓向彈簧刀鋒。

疼痛讓我恢復了意識。

牠繼續矗立原地，我趁機長長地吁了一口氣。

我猛然將傘如長矛擲向了牠，卻竟然直接消失。

彷彿，那隻怪物周圍有一層薄膜，包覆著不同維度的世界。

牠又逼近幾步。

我拿出口袋的彈簧刀。心底暗想，該是逃跑，還是與牠搏鬥。

這時，我的眼角瞥見了依蘭。

昏冥之中，她緊緊將雙臂護在胸前，水藍髮緞編成的辮帶披在肩上。深色頭髮與紅唇，配上白皙肌膚，模樣非常美麗。

臉頰受傷的部分發炎而腫脹，大滴淚珠不斷流出。

我要留下來保護她，腦中頓時響起這指令。

牠停在我面前。

現在，距離已經近得快觸碰到了我的鼻尖。

我吞嚥唾液，以顫抖聲音道：「你敢用我母親的聲音，我絕對將你碎屍萬段。」

「你……」是兒時玩伴的聲音，「又能怎麼樣？」然後，轉換為我父親的嗓音。

「這是『憎厭匕首』。」我話未完，向前一跨，割開那不尋常的薄膜。

黑犬怪物還來不及反應，就發出撕心裂肺的哀嚎。乾淨的空氣對牠而言彷彿強酸，迅速地從破口流洩侵入，腐蝕了牠的毛皮與眼球。

牠向後退去，在山坡激烈打滾。傳出各式各樣不屬於人類的動物悲鳴。

「看來是賭贏了。」我喃喃自語，望著掌心的憎厭匕首。月色下，金屬部分沾染了一股妖冶光澤。

這把彈簧刀，來自我年少的夢境。

那時我不過十六歲。

群青色天空延綿無盡的展開。

彷彿要吞噬掉整個自我。

我在古意盎然而恬靜的林中徘徊。

嫿——嫿——

我聽到浪潮的聲音來自遠方，這裡大概是座島嶼吧，我揣想。

我茫茫前行，最後，來到一座廟宇。說來弔詭，我不但一點都不害怕，甚至覺得既熟悉又安心。

我走了進去，注意到柱子與牆壁繪滿各種詭譎美麗的海底生物。

而八角形的庭院正中央，則站了一名短髮的褐膚少女。她搖了搖掛在手腕的鈴鐺，笑起來很是溫柔。

我報以微笑，不由自主地朝她走去。

她輕輕摟住我，淡然香氣令我醺然。接著，她將臉頰湊近我的臉頰，以稚嫩聲音道：「我的子嗣，孩子們的孩子們。」

明明就外貌判斷，她的歲數看起來比我還小，卻讓我感受到一股溫暖的母愛。

她將彈簧刀塞進了我的懷中：「這是憎厭匕首，收好它，它能夠保護好你，保護好我們的血脈。」

醒來後，我在床頭發現了憎厭匕首，並從此隨身攜帶。

而自巨大黑狗怪物的襲擊之後，依蘭也漸漸對我敞開了心房。

不僅僅是言語或行為上的撒嬌，偶爾還會戲言，我們將永世陪伴彼此，甚至，願意讓我獨自在刺脊山莊探索。

就像現在這樣。

依蘭去讀書了吧？她小了我整整十歲，我挺期待的，十九歲的少女，在閱讀卡爾維諾的書籍時，會抱持著如何與我迥異的觀點。

而差不多也是時候了。我要繼續探索這座詭譎的山莊。至今，還有太多暗道、房間，我都不曾一窺究竟。

我相信黑犬的出現，以及依蘭的怪異體質，都與這座宅邸的祕密有關。

這樣的話——我不會放棄那些寫作靈感的養分，枉費這千載難逢的機會。

不單單為了滿足我的好奇心，入住以後，我便能持續感應到，憎厭匕首不斷在回應我的求知慾，與刺脊山莊深處的某樣「存在」共鳴著。

我朝書房的反向而去。

刺脊山莊的裝飾風格偏向哥德式建築。

樑托是纖細的美人半身與花枝，而柱上則有雙排扭索圖案，一路延伸至穹頂，搭配環廊與玫瑰琉璃窗。

我不太知曉這座古堡的詳細歷史，但應該是中世紀的產物，之後又裝修、改建。同時融併了古典與現代，卻意外地和諧。

「刺脊山莊」的構造呈雙十字延展開來，光是探索前半部的左側翼，就耗費了我快一個月。其中，有六成的房間都上了鎖，連依蘭都從未得知裡面藏有些什麼。

我拿出隨身的手冊，做了張地圖記錄自己的發現：

通往地窖，純然無光的暗門，斥滿惡臭無法進入。

祭祀不明神祇的禮拜堂，有未曾謀面的僕人會來點上蠟燭。

蝕刻魔法陣的金屬門，無法推動。

向下掘深好幾公尺的藏書室，收集著各種以無法辨認文字寫成的書籍，無法見到房間底端。

廢棄的洗衣間，吊著許多娃娃布偶裝。

現代醫院的停屍間，但冷櫃都上了鎖，不清楚是否裝有屍體。

擺滿機械芭蕾人偶的劇院。

偶爾，我也會在路過長廊時抬頭，發現矮側窗一晃而過不明的人影。

稍微整理一下思緒，我摸摸憎厭匕首，決定更改一貫的地毯式搜索計畫，直接往右翼後側探索。

畢竟，今晚是滿月之夜，我有預感將碰上特別不尋常的事件。

我餵了憎厭匕首自己的血液，每當抵達岔路時，就旋轉它來決定方向。

這舉止，讓我驀然想到某些恐怖電影或者電玩遊戲，只要觸發了關鍵物品，譬如音樂盒或者人皮書，就會引來對應的靈異鬼怪。

我忍不住會心一笑，可能稍待我就會誤觸惡物，招來冤魂新娘。也可能，我自己也是一種鬼怪，要召喚我的話，大概就是使用這把彈簧刀吧。

不久，我來到一條極長走廊，兩側掛滿了畫像，看起來應是刺脊山莊的歷任主人。

我仔細端詳，多半是俊美的年輕男子，也有幾名中年女性。從衣著判斷，大概是十九世紀末以後，不會超過兩百年吧。

抱持著滿腹疑問，我邊以手機拍攝紀錄，邊慢吞吞地前進。

同時，我發現了弔詭之處，某些畫像，似乎有人定期清潔，保存良好且一塵不染。有些卻長了霉斑，甚至木框還有蛀蟲。有幾幅，則被人用剪刀毀壞了雙眼處。

而無論哪個角度，所有畫像的眼神都緊盯著我，這讓我起了雞皮疙瘩。

看起來不太尋常，說不定是因為這個家族也曾經有過鬥爭？

我細細端看這些畫作，可以發現右下角寫著畫家的姓名與年代。

我從沒見過這樣的符號，但仔細比較，能發現字跡如出一轍。意謂著每幅畫都出自相同畫家之手。

我巡視一輪，發現最早的畫像可以追溯到十八世紀，但最晚則是……千禧年？

這樣推測，至少超過了兩百多年？我困惑片刻，還是決定暫且不管。

盡頭處有扇鐵門，葉片與燃燒的紋路蔓延表面，若非顏色和金屬相同，簡直栩栩如生地讓人錯亂。

在握柄處，則有著表面刻了雕紋的銀色鎖頭。

我嘗試拉扯，但它文風不動，只好就此放棄，準備折返。

然而，就在我抱持著好玩的心態，以憎厭匕首的尖端輕點時，鎖頭竟倏然斷裂，碎得四分五裂。

「怎麼可能？」

我瞪視那些零落的金屬片段，最後還是選擇不再多想，抿了抿雙唇，拉開大門。

裡頭像是蝸牛殼的剖面，有著螺旋向上的階梯。

我沿著路走。兩側安裝了螢藍色燈管，卻沒有對外的窗戶。

白漆斑駁，露出紅磚部分，縫與縫間，則長了黴菌與蕨類。還有不明蟲類的卵殼。

空氣潮濕晦暗，讓我很不舒服，而就在前進了約十多分鐘，便沒有了光源。我只好打開手機閃光燈，繼續小心前進。

叮——

冷不防地，黑暗中傳來了鈴鐺聲。

我瞪大眼，加速腳步。

叮、叮、叮、叮。

彷彿預知了我的到來，隨著距離越是靠近，鈴鐺搖曳越是頻繁。

終於，我抵達了高樓頂端。

那裡確實掛了鈴鐺，而牆壁開了個黑暗小孔，吹出冷風。我仔細檢視，希望能查出端倪。

我發現了一道木門。

然而，天花板低矮的高度很不尋常，像是將原路從中切開。最後一節階梯，大概離頂部只有半個胸膛高。彷彿強行加蓋的樓層。

這裡非常幽暗，給人一股極強的壓迫感。

從縫隙竄入的勁風，宛如擁有自己的意識，見到我來就停止了吹拂。

我俯瞰來的方向，微光虛弱閃爍。

「呼……」

我拿出憎厭匕首，以末梢點了點木門。

出乎意料地，推開了。白光瞬間像把利刃割開我的雙眸，疼得我閉上眼瞼。睜開眼睛時，我已經進入房間，雖然，我不太記得自己擠過了那扇門。

這景象難以置信。

我身處一座太空艙之中。被陶瓷白色的場景繚繞。發現那是間曲線充滿科技感的酒吧，木櫃放著各色糖漿與烈酒。巨大螢幕正撥放黑白老電影。

電子投射的金魚優游在我身旁，隱隱約約可聞悅耳的鋼琴聲。

所有場景都像是只會出現於科幻小說之中。更別提怎麼可能屬於古堡的一部分。我甚至不敢確定這裡還是地球。

當我回頭，只見一個合金材質的矮門緊緊密合。

「這裡是？」

落地玻璃窗外是顆巨大的墨綠星球。

我的視線才離開沒幾秒，皮製沙發已經多了一名人影。

「我等你很久了。」

「你是誰？」我反射性拔出彈簧刀，打量起眼前憑空出現的男子。

他的年紀貌似落在三十五歲左右，左眼由大理石雕刻，而且擁有兩個瞳孔。右眼則非常澄澈，睫毛如修長白色羽毛。頭髮用一根根帶著青色光流的電線綁好。

在下巴中央有條縫疤。戴著長筒手套，右腿則是義肢。

不論是灰藍西裝還是純黑長靴的作工都極為精緻，非常具有時尚感。

「你忘了我嗎？」

他笑道，仰頭飲盡提神飲料，單手捏平鋁罐。

我的視線來回游移，迅速地將腦海搜索了一遍，卻未聯想到任何答案：「我認識你嗎？」

他雙手一攤，乾笑兩聲，聳肩道：「不記得了？安息香。我是冬日君主。」

皮笑肉不笑的態度，彷彿在指控我裝傻。

「冬日……君主？」

「對。」他彈了個響指，晃動食指，指向沙發另一側：「老朋友，坐下吧。」語畢，若有所思地眺望群星。

他竟然知道我的名字，看來，應該與這座刺脊山莊的主人關係匪淺。我收起憎厭匕首，卻依舊僵直身軀，不打算照他的意思坐下。

「坐。」

冬日君主倏然轉過臉龐，衝著我咧嘴而笑。與方才友善模樣判若兩人，咯咯、咯、咯，歪脖歪得瘋狂詭異。彷彿擁有了另外一個人格，隨時會飛撲而上，徒手撕裂我的咽喉。

至於，左眼本來擠在旁邊的瞳孔，轉至了正中央。

他的聲音忽然改變，從渾厚男嗓轉為沙啞氣音：「人類基本上難以揣測眾神心意，但依照其表現還是能大略分為三者。」

當冬日君主說出此話時，我的身體竟不由自主異口同聲誦詠：「多數時候對人類友善者，多數時候對人類敵對者，多數時候對人類中立者。」

我的身軀一股燥熱，面紅耳赤，額頭開始熱呼呼發燙。

「等等？為什麼？」

「因為你本來就是我們的一員。」他恢復初次見面的斯文友好。手上竟又多了一瓶彈珠汽水，新橋色的瓶身非常好看。

「什麼意思？」

「我需要你的幫忙。」冬日君主答非所問，不安分地持續用玻璃瓶撞擊桌腳，我能感覺得到，他的心中很是煩躁。

我盯著他精緻的百合袖扣：「什麼忙？」

本來拉茸腦袋的冬日君主，瞬間抬頭：「很豪邁爽快，我喜歡。」

他站起身，向我伸出左手。

我淺笑，試圖緩和氣氛：「我還沒答應要幫你的忙啊，你連內容是什麼都還沒說呢。」

冬日君主戲謔地「嘖嘖」兩聲：「很簡單，我只要你用憎厭匕首劃開封印。」

我當然不會立刻信任這般可疑的要求，於是，冷靜道：「劃開封印需要什麼代價？」
剎那間，我腦袋響起鈴鐺聲，彷彿那廟中的短髮女子正守護、提醒著我別輕舉妄動。
「不需要任何代價，連一滴血都不用，來吧，先喝杯酒再說。」桌面憑空出現春湖色、夏夕色、秋櫻色、雪柳色，數十種顏色的調酒。
除此之外，還有萊姆酒、威士忌、白蘭地、伏特加。
我嚥了嚥唾液，走到桌旁，伸手捧起透明如水的那杯。
我想起酩酊大醉的忘憂時光，不自覺降低了戒心：「那你的目的是什麼？」
我嗅了嗅玻璃杯緣，是冰的甜清酒味道。
「目的？」他把玩著角瓶：「我不過想要離開這裡，這要求一點都不過份吧？」
我放下酒杯，又拿起威士忌，專注地凝視那琥珀色液體，美酒讓我心曠神怡，忍不住大膽起來：「那你又是什麼？為什麼會被封印在這裡？」
「還真的什麼都不記得啊，呵。」冬日君主舔了舔沾到手套的酒精：「我是個神明，有人想要我的力量而綁架了我的子嗣，用血液當誘餌，畫了魔法陣陷阱，將我囚禁於此。但這些都不重要了，不如談談你可以獲得什麼吧？」
「我？」
「我可以給你無窮無盡的榮華富貴，甚至是……不老不死。」
我頓時停止動作。

放下酒，低語呢喃：「曾經也有人對我說過類似的話呢。」

然後他騙走了我所有家產，現在沉眠水底，亡魂還曾變成了黑狗回來糾纏不清。

但冬日君主似乎沒有看穿我的心思。

「來吧，別再猶豫了，只要朝那月亮輕輕一劃，」他又彈了一次響指，卻更加響亮：「就像將鑰匙插入魔法的金庫，轉動一下，喀擦，整個新世界就在面前無限展開。」

叮，又是鈴鐺聲。

「抱歉，容許我再考慮一會兒。」

轉眼，冬日君主竟勃然大怒，以壓抑著憤恨的冷然語調道：「要知道，我也可以殺了你，直接搶過憎厭匕首，只是在這地方待久了，想要展現出一些慈悲罷了。」

叮、叮、叮，鈴鐺在我的腦內響得越加劇烈。

他這番威嚇的話語，倏然激怒了我。

我彈開憎厭匕首，以兇惡眼神回瞪：「試試看啊？」

「嘶——」他低聲咆哮：「你們這一族的人！」

不再是響指，而是骨頭碎裂的聲響。

酒吧開始崩壞，像是燃燒後的灰燼消散。所有色彩劈哩啪啦碎開，化為粉塵。

溫度驟降，我感到呼吸困難，窒息感好似潮水陸續湧上，一波比一波更加強烈。

瞬間，他像是撕碎紙作的娃娃屋般，單手撕裂空間，我從那條縫隙中，見到了正在專心閱讀的依蘭，她邊讀書，邊將字句抄寫在筆記本上。

室內急速減壓，一切事物都被縫隙吸去，就像電影中，飛在高空的客機忽然敞開大門。

冬日君主從外套內側拔出了一把手槍。

「啵。」他推唇，發出氣音。舉止雖然戲謔，但眼中的殺意要人畏懼。

「住手！」我往前躍撲，試圖用憎厭匕首阻止他。

然而，我不清楚冬日君主使用了什麼法術，依蘭竟驟然出現在我們之間。

冬日君主將依蘭抱在懷中，嗅著她的長髮，陶醉地閉上眼。

鮮血浸濕了白色洋裝的心臟位置，依蘭身軀斜傾癱軟，手臂無力地落在兩旁，眼睫低垂，輕輕地含住了失焦的雙眸。

這畫面殘酷危險，卻充滿一股說不上來的異色唯美，猶如吸血鬼與他的美麗新娘。

我顫抖地握著彈簧刀。豔紅血液自末端滴落，如淚珠垂泣。

「沒想到是她的血脈。」他語焉不詳。

「你……」

「釋放我，」他的聲音虛幻輕柔，像是催眠師在引導我進入一場安詳的夢境：「我就立刻復活她。」

叮、叮。

「住口！」我狂暴嘶吼。

「快呀，再晚一點我也無法保證會不會成功。」

我瞪著冬日君主，像是要用眼神在他眼眶燒出兩個窟窿。但他不為所動，只是從容地抱著依蘭，漂浮於近乎虛無的黑宇之中。

我瞧向那巨大無比的星體，一字一字吐出：「只要割開它就可以了？」

「對啊。」冬日君主撥弄閃著螢光的電流髮帶，愜意道：「就這麼簡單。」

搶在他準備多講什麼之前，我朝蒼然星球揮了一刀。

天空、大地，我的身軀，依蘭的身軀都焰上了橘色，只有冬日君主無垢無瑕。

沒有任何熱度，只有一股憂傷的淒涼感盈滿了空間。

我的眼睛被燒掉，所以盲目。

我的耳朵被燒掉，所以固執。

我的舌頭被燒掉，所以默然。

我的鼻腔被燒掉，所以遲鈍。

我的肌膚被燒掉，所以麻木。

我聽見了極其微弱的鈴鐺聲。

我在兩側掛滿畫作的長廊醒來。像是回歸子宮般，蜷伏成蛋狀臥倒。我快速檢視狀態，沒有任何傷口，憎厭匕首安穩躺在我的口袋。

不過，畫像竟然改變了姿勢。圖中的男子們像是遭受酷刑，痛苦地哀嚎、掩面、搔刮臉頰、敲擊自己的太陽穴。

而被剪去眼睛者，竟然擺露微笑，洋溢著幸福與滿足。

這景象讓我骨子裡發毛，但肉眼看不見的惡意，也只能暫時當作不存在。我拍掉衣服上的灰塵，打算循著原路，回去那神祕房間質問冬日君主。

我的耳邊不時傳來悉悉簌簌的低語，但我選擇繼續無視。故作鎮定地邁著大步前進。

可是，盡頭卻是一面普通的牆，沒有特別新或者特別舊，漆了相同的油漆。我皺眉，以指節輕叩，實心的。四處輕抹，擦撫，都沒有發現任何機關與暗門。最後，我索性用力踢擊，也還是沒有任何異狀。

就只是面牆，至始至終都在那裡。

我鬆了口氣，該不會其實全部都是夢境吧？當我這麼想時……

憎厭匕首血跡斑斑。

不祥預感佔據了我的思緒，我立刻加速動作，朝依蘭的房間奔去。

「依蘭！」

當我奔進房間時，她連同椅子，倒伏在書桌旁，壓在灑於遍地的書頁上，交叉密合的睫毛快速顫抖著，痛苦地囈語和呻吟。

我蹲下身子，依蘭胸口與腹部的布料純白如故，她毫髮無傷。竟然可以睡到翻下書桌……我注視那張側臉，頓時放下心中大石。

我準備抱起她，送回房間的床鋪。

然而，觸碰到她的脖頸瞬間，讓我大驚失色，險些失了重心。

她的體溫與常人無異，是溫暖的，和我差不多。然而，在這以前，她總是冷得像湖底的魚類一樣。

「怎麼了，安息香？」她忽然睜眼，揉了揉臉頰。

「沒、沒事，妳……還好嗎？」

「幹嘛這樣問啦，好難為情唷？」她摟住我的脖子，親暱地將臉靠近我的胸膛。

「妳之前都不會直呼我的名字。」

「那，我現在就想要這樣叫嘛，不可以嗎？」

「嗯，當然可以啊。」

「好耶！」

從那天起，依蘭宛如變了一個人，性格也開朗起來。

甚至，她偶爾還會像童話故事中的公主，坐在花園唱歌。森林附近的野生動物們，竟然也會開始主動親近她。草坪上，鴿子與喜鵲會停留在周圍，等待她撕開麵包屑。

她在溪邊時，將赤裸的雙腳浸入，小小魚群就會自己圍上來。

而最大的改變，是向來簡約樸雅的她，竟迷上了水晶指甲。不過，說是突如其來著戀，更像是早已練習多年，非常熟悉這些技巧。

她特地買了美甲燈，以及專用的彩色凝膠。冷豔冰砂、貓眼碎鑽、馬卡龍系列、大理石、復古皮革、水晶火山岩、糖果石、冰極冷灰、女爵氣質、霜季皮草、時尚牛仔、懷舊夕彩……。那些名字都既夢幻又浪漫。

她真的是依蘭嗎？還是另有其人？可她卻還保留著我們之間的回憶，太奇怪了。若是說，真是有個怪物竊盜了她的外表，應該也無法保有本來依蘭擁有的回憶吧？

我百思不得其解，但與依蘭的異狀相比，眼下更重要的則是調查清楚冬日君主的身分。

在這之前，不論是在蒐集寫作用的資料，或是文學書籍中，我都從未聽聞過這名字，連研究神話與鬼怪傳說的學者們也不曾提及。

如果要調查他的身分，看來也只得從刺脊山莊下手。我首要對象，便是聯絡我的雇主，依蘭的父親，卻得知他暫時到了不便通訊的地方旅行，只好姑且作罷。

於是，我一方面瘋狂地閱讀刺脊山莊內可以尋找到的任何書籍，希望能夠獲得冬日君主的蛛絲馬跡，一方面，則專心撰寫新的小說稿件。

而依蘭這時候才開始顯現初步異狀。

她變得討厭閱讀。常拉著我去影劇間，會要求想要漂亮的衣服，甚至打電話要鎮上的廚師備妥昂貴食物，送來這間山莊。

這些都不算太過奇特，直到我看見了每次靠近依蘭的野生動物，都有著人形的影子。當牠們發現我察覺此事時，會露出不安好心的奸笑。曾經，我還在半夜寫作時，驚見一隻巨大的麋鹿，將頭從窗子伸了進來，睜大雙眼凝視著我。

不過，在這般超自然現象頻頻發生的同時，我也終於有了點進展。我在某間以黑曜石與黑樺木打造的書房發現了神祕的手稿，比對過後，我認為那字跡不屬於現任的刺脊山莊主人。

裡頭記錄著許多亞洲的都市傳說、神話與禁地。印度每一條贖罪的河流與神聖的山脈、日本的自殺森林、南韓的地底隧道、中國的古墓、戈壁的死亡蠕蟲巢穴、連環命案的大樓、《海伯利昂》考證、《新約》謊言、《死者之書》真偽。

其中，標記著刺脊山莊所處地點的代稱，則是「幽冥故鄉」。

『因為地震的緣故，在日本島底下裂開了一條巨大的縫隙可以直達地心。近百年來從裡頭湧出了人間不可聽聞的呼喊聲。引誘來宇宙中，新生的神祇與存在靠近。祂們大都十分年輕，不滿一千歲。

事實上，我們所見只是古眾神能力的冰山一角，歐亞大陸與日本原生的神明與者妖怪遠比我們想像中的強大。所以新登陸地球的神明們不敢輕易冒犯，只好停留介於日本與歐亞大陸間的一座小島。

而且，因為與我們的維度不同，在祂們的活動範圍中，這座小島的規模甚至遠勝過整片大西洋。

所以，在這島上見到的異相，或者詭異的存在，多半既稀有又短暫，因為就像拿著一個鐵碗在池塘中亂撈，碰到有小魚入碗，純屬偶然。』

但仍未能解釋冬日君主被囚禁在這裡的原因。

在全神貫注的寫作與研究之下，很快又過去了數個月。而就在依蘭的二十歲生日那天，山莊內舉辦了一場兩人盛宴。

當我醒來時，屋子已經布置妥當，簡直像是舉世歡慶的節日一般。處處鋪滿鮮花。那些花並非從庭院所採擷，它們更加稀有且保存不易。

我從自己的客房走到大廳，水晶吊燈已經點燃了火焰，本來空蕩蕩的地方，則多了好幾組桌椅。

大理石桌疊滿包裝精美的禮物。有新衣裳、泰迪熊娃娃、香水、化妝品。和以往的要求天差地遠，我有點困惑，印象中，依蘭都對這些用來打扮外表的東西較不感興趣。節日時，要求父親給予的禮物，幾乎也都是書籍、唱片居多。

更不尋常的，是明明宅裡會用餐的僅有我們兩人，卻額外擺放了好幾組餐具。而且，竟然像是已經被人使用過，有的交叉，有的橫置，有的甚至將餐巾攤平放在椅子上。

「這……」

我靠前，卻驚覺那些刀叉並沒有使用，潔淨如新，不過是被別人移動過。

而最讓我意外的，是那些令人瞠目結舌的浮誇料理。

每年的餐點都以南歐料理居多，且款式簡單，然而，這次依蘭竟指定廚師們準備中華料理。而且，像是擔心我們無法辨認，每道料理前方還立著小牌，寫著菜餚名稱。有些食材甚至出自不可捕獵的動物。

燕窩雞絲湯、海參燴豬筋、鮮蟶蘿蔔絲羹、海帶豬肚絲羹、鮑魚燴珍珠菜、淡菜蝦子湯、魚翅螃蟹羹、蘑菇煨雞、轆轤錘、魚肚煨火腿、鯊魚皮雞汁羹、血粉湯、鯽魚舌燴熊掌、米糟猩唇豬腦、假豹胎、蒸駝峰，梨片伴蒸果子狸、蒸鹿尾、野雞片湯、風豬片子、風羊片子、兔脯、奶房簽、豬肚假江瑤鴨舌羹、雞筍粥、豬腦羹、芙蓉蛋、鵝肫掌羹、糟蒸鰣魚、假班魚肝、西施乳、文思豆腐羹、甲魚肉片子湯、繭兒羹、玃炙哈爾巴小豬子、油炸豬羊肉、掛爐走油雞鵝鴨、鴿臛、豬雜什、羊雜什、燎毛豬羊肉、白煮豬羊肉、白蒸小豬子小羊子雞鴨鵝、白面餑餑卷子、十錦火燒、梅花包子。

許多料理，我看著文字都唸不出發音。

依蘭究竟怎麼了？我思索，我思索……有些名字看得非常熟悉。

「安息香哥哥，你醒啦！」依蘭穿著藤紫色睡袍，從樓梯緩緩走下，長髮看起來像是剛剛保養過，反映著柔順的光澤，也仍舊不忘精心整理美甲。

「這些料理？」我摸了摸瓷盤，還是溫的。什麼是假豹胎？我仔細打量。

「哦？很氣派吧，這是以前皇帝生日時吃的料理，我打電話給爸爸，命令僕人們做的。」

她繼續朝我走來，最後，停在極近的位置，我甚至能嗅到她黑醋栗的香氣。我現在才看清楚她指甲上的巧思，以透明淡薄的淺櫻色為底，中央像是打翻了一條璀璨的粉紅銀河，緩緩流洩，點綴著碎鑽與銀粉。

她自在愜意地抓了蜜汁肉片，笑盈盈地扔進口中，放肆咀嚼，掐出美麗酒窩。

我發現，依蘭還穿了耳洞，戴著綠瑪瑙製的懸墜耳環。

「來啦，」她挽起我的手：「我們來慶祝生日吧。」

我滿臉困惑，但暫且只能順勢而為，畢竟，擁有這刺脊山莊主導權的，仍是這棟屋子主人的千金。但，那一晚究竟發生了何事？

冬日君主復活的，真的是同一個人嗎？

她似乎格外開心，不斷吸吮十指，全部料理都要先嚐一口，還準備了比利時的修道院啤酒。我則只是喝著酒，選擇自己熟悉的料理食用。

昨晚，準備這些料理的是人類嗎？

這麼鋪張的菜餚，半夜都還沒出現，今早卻無聲無息地浮現在此，怎麼想都不對勁。

「好好吃，好好吃，沒想到真的嚐起來是這樣……」依蘭在長桌間東奔西跑，差不多後，驀地將有著精緻雕紋的白瓷盤隨意扔擲上桌面：「安息香哥哥，我們來吃甜點吧。」

「嗯。」

當我回頭時，大廳的正中央，多了一張接骨木製作的桌子，放著華麗的三層蛋糕。

「怎麼可能？」

像是憑空出現一般，我難以置信眼前場景，而依蘭則又鑽到我身後，推著我的背部。

「走走走。」

她的力量大得不可思議，我只能被她牽著鼻子走。

「替我唱生日快樂歌。」

「嗯，祝妳生日快樂……」

她吹完最頂層的雪白蠟燭，忽然宣布：「安息香，我們結婚吧。」

「結婚？」

「對呀，」她瞪大美麗的雙眸道：「我在蛋糕裡發現了戒指。」

語畢，就直接將五爪插進奶油之中，鉤拖出一個白骨色的珠寶盒。

「等等，妳該不會？」我還沒將「事先就知道它在那裡了吧」說出口，她又繼續滔滔不絕。

「安息香哥哥，你看你看，好美喔。」她的聲音瞬間變得詭譎。

她打開木盒，有一對荊棘編織的戒指，顏色已經褪成枯白。

「我們結婚吧，我願意。」她又說。我彷彿在她口中見著細小獠牙。

依蘭抓住我的手，片刻間，我癱軟地像個被注射麻醉劑病患，完全無法掙扎。

身體失去了控制，宛若成為被操弄的腹語術玩偶。而我毫無知覺的嘴唇，則自動吐出了不協調的聲音：「我……願……意……」

「太好了，太好了。」依蘭先以稚嫩的少女聲歡呼，接著，像是演出單口相聲，轉而為低沉的男聲道：「我現在正式宣布，兩人成為夫妻。」

她輕輕捧起我的手掌，將荊棘戒指套進我的無名指。

剎那，尖刺彷彿擁有了自己的生命，立即插進了我的表皮，侵入肌肉組織，貪婪地吸吮血液。

我感受到小型野獸般的嚙咬，一股夾雜疼痛的快感中，戒指被染成了奪目的嫣紅。

「真是太好了。」依蘭樂得合不攏嘴。

自從那天之後，我便再也沒有度過安寧的一天。

常能聞到不知何處飄來的屍臭味，或者，聽見有物體以指節敲擊牆壁的聲響，家具裡頭有指甲搔刮聲。眼角餘光不時會瞥見角落出現的黑影。

有次，當我在沐浴時，甚至清楚聽到某種表皮光滑的生物，在管線中爬行。

不只這樣，我開始噩夢頻頻，曾夢到依蘭的身體四散，像是玩偶的中空軀殼般，裡頭塞滿鰻魚。

也曾夢到過依蘭與無數地獄的鬼怪狂歡。

公牛的頭，人的軀幹，公雞的腳，蛇的舌頭，蝙蝠翅膀，雙岔的響尾蛇尾巴，戴著插滿人類牙齒的鐵線編織的王冠。

或是，細長四肢，灰色肌膚的蛞蝓，牠的左臉頰像是鑲進了一個人臉，正上下顛倒痛苦地咆哮。

以及，一張正在燃燒的人皮，眼窩部分則藏了對眼珠子，像是被套在某種奇異詭譎的生物之上，祂巨大蜿蜒的身軀讓人從骨子底打起寒顫。

不單單這樣，我在夢中，也莫名地自動增長了不少知識。我的靈魂飛離軀體，發現了有種住在湖底的怪物，十九顆頭連接海蛇的身子，每顆頭都像無毛禿鷹，嘴裡有四排的倒鉤利刃，身體兩側有密密麻麻的人類雙腳，像是蜈蚣一般。

祂的幼蟲會順著排水管或者水龍頭抵達人類的住所，趁人類沉眠時，偷偷地吸食其腦髓。

然而，我每次驚醒，卻都只看見新婚妻子在床的另外一側香甜地酣眠。

這時候，我都會兀自回到書房，捧著憎厭匕首，朝廟裡的女子祈禱，懊悔曾經到過冬日君主所在的房間。

日復一日，我的精神受盡折磨。若要挺過這些煎熬的夢魘，我想到的方式，僅剩下全神貫注於研究與寫作。

我自己也整理了筆記本，推測冬日君主的種種。

終於，某次滿月，我又在掛畫的長廊盡頭見著了那扇大門。不過，是以素描炭筆所繪。

我彈出憎厭匕首，照著軌跡，以刀鋒刻蝕。

發出了刺耳尖銳的割玻璃聲。

沒想到，真的開啟了，裡頭是純白的房間。使用了現代日光燈管，而旋轉椅與辦公桌都採用曲線平滑的極簡風。

牆壁有無數道「正」字，有的十分整齊，有的非常凌亂。指甲刻的、染血的、鋼筆寫的、粉筆畫的。

看起來像是被囚禁到癲狂之人，想要掙脫所為。我不自覺打了個冷顫。

而不遠處的桌面，攤了一本線捆的筆記本。

我單手撐托著門，擔心往前一走，它便會自動闔上緊閉，那麼，我很可能就會是下一個被剝奪自由的受害者。

我瞇小眼，如果折返跑速度夠快的話，或許能搶在門自行關上前，拿到筆記本離開吧？

就這麼做吧，我打定主意以後，立即用盡渾身力量狂奔！

吱嘎。

意外地順利，我在門扉重新闔上前鑽出，跌坐回了長廊。

「呼、呼、呼。」

我邊喘氣，邊小心翼翼地觀察筆記本，從紙頁泛黃的邊緣，以及觸摸起來的材質判斷，應該年代久遠，不屬於現代社會的產物。

我快速翻閱幾頁，占星術、喚魂術、煉金術、少校、毒品、地獄的天使位階，都不是現下我關心的事物。不過挺意外地，我還翻到了關於幽冥故鄉的同段內容。

終於，我找到了冬日君主的資料，然而，只有短短幾行：

『冬日君主，左目雙瞳且如大理石雕像，睫毛白皙，下顎有縫，缺少右腳。祂的外貌，和古卷《聖經》中記載的敵基督模樣相似。

是目前已知唯一個被人類囚禁住的新神。

因為闖入日本神明的地盤，殺了神明的後裔，於是惹怒了眾神，被限制住法力，打殘了身子，淪落到幽冥故鄉後，被人類以古代祕法捕捉住精神體。』

我來回翻找，並沒有更多內容。我忽然想到，說不定也會記載解救依蘭的方法。

捧著筆記本，我急著回到書房繼續研究，走過露天迴廊時，發現今晚是滿月。

我抬頭仰望，星體近得不可思議。這讓我突發奇想，決定改變路徑，朝依蘭的書房走去。

我有種不祥預感，上次見到這樣的月亮，是在黑狗怪物出沒時。

稍近處，我就能聽到她的門縫中流洩出細響。我判斷至少有三個人，正以歐洲系統的語言交談。

是依蘭在對管家及女僕說話嗎？

我躡足靠前，手一碰到門板，就立刻見到了異狀。

我踏入了鋼筋混凝土房間。

依蘭屈膝而跪，頭戴悼輓用的花環，赤身裸體。布滿嫣紅斑點的模樣，彷彿番紅花沫沾染在雕像表面。

指甲卻依然奪目動人，畫了輕柔細緻的羽毛、捕夢網，並點綴鉚釘。

在她前方，則有著一個上下顛倒站在天花板，違抗物理法則的怪物。

祂的背部延伸出超乎常人的雙臂，高舉如翼，長滿羽毛和鱗片。露出葉脈狀的血管，纏繞著一根根塑膠紅線，並且末端懸掛著倒刺的針頭。

祂看起來像是名穿著駝色風衣的無臉男子，擁有閃耀多彩的皮膚。雙臂彷彿正在禱告般緊緊絞纏。

整個房間都散發著木屑混合消毒水的氣味。

「這是……什麼？」

我丟下筆記本，反射性拔出憎厭匕首。光是盯著那存在，就令我止不住顫抖。

那無臉男子沒有說話，沒有動作，猶如死物一般。

倒是依蘭，一見到我竟然就喜極而泣，好像終於如釋重負，能坦白多年的祕密般鬆了口氣。

她邊以手腕拭去淚水，邊以甜美，帶了鼻音的撒嬌聲音道：「安息香，你來啦。」

「那是什麼東西？」我將匕首護在胸前。腦袋閃過種種閱讀到的資訊……無視重力法則的怪物，這存在與煉金術士有關聯性嗎？

「這是神使喔！」依蘭道：「在祂面前宣誓，我們就可以完全結合在一起了。」

她起身瞬間，那巨大怪物像是被激怒的蜂群急速抖動，發出昆蟲的拍翅聲。

我本來想大喊「別過來」，卻又像依蘭生日那天的情況，完全使不上力氣。

她朝我走來，頭戴花冠，胴體灑滿破碎珊瑚紅印，姿態婆娑嫵媚。

我卻如著魔般，無法挪動步伐，無法別過視線。

荊棘戒指咬緊了我的指節。

「親愛的，」她低喃：「宣示吧，不用害怕，我們成為神使後，就不用擔心老去死亡，擔心異域的追緝者了。」

「異域的追緝者？」我皺眉。

「啊，這一點都不重要。」她輕揉我的胸口，暖意自她的掌心擴散至我全身。「別再欺騙自己了，你早就知道我們不屬於這世間。」

我開始動搖。

「你不是深愛著我嗎？」依蘭輕啃我的嘴唇：「這無聊、痛苦，充滿謊言的世界，不配擁有你的才華。想想呀，只要我們有彼此，能夠飛翔去任何地方，殺死那些撒謊欺騙過我們的人，復仇那些瞧不起你才華的人，來吧，吾愛。」

或許，真的如依蘭所說的也不錯，留在這世界太痛苦了。

我並沒有聽見鈴鐺聲，我緩緩垂下手，沉甸甸的憎厭匕首此時重到彷彿要扯斷我的手臂，我凝視她的面容，輕輕道：「妳是真的深愛著我嗎？」

「當然呀，安息香。」

「那麼，證明給我看。告訴我，妳是誰？」

「我是依蘭呀。」她將掌心包覆胸口。楚楚可憐地看著我的五官，目光左右搖曳。
「真的嗎？如果妳真的深愛著我，就不該欺騙我。」
我想最後確認一次。
她瞬間退縮了，向後退半步，緊緊抿著嘴唇：「非得要如此嗎？我是真的愛你啊，安息香。」
依蘭的態度讓我頃刻又恢復戒心，我佯裝鎮定：「所以，妳是誰？我是無法在謊言中相愛的。」
她陷入緘默，朝神使走去，而我見狀，也緩緩走至依蘭身旁。現在，我離怪物的距離很近，近得足以嗅到那刺鼻的硫磺惡臭。
「好吧……」她側過脖頸，憂傷地將手伸向那顛倒的怪物：「我不是依蘭，我曾是個在異域漂流的亡魂，可是我是真的愛……」
她的話還沒說完，我就用憎厭匕首劃開了那怪物的咽喉。
彷彿要撕裂耳膜的慘叫充斥了整座房間。
祂流出了血液竟然也是向上傾洩，瞬間水銀一般濃稠的物質就立刻淹滿天花板。
依蘭只是嚇得張大嘴巴，發不出聲響。
「快逃。」我對依蘭叫喊同時，也輕拍她皎潔的肩頭。
倏然，她將頭轉了過來，面無表情地瞪視著我。下巴與肩膀平行，和胸部呈現直角。

她開始咀嚼起自己的舌頭，眼球消失，見到依蘭這可怖模樣，我錯愕地轉身逃跑。背後卻忽然傳來：「別走，別走，安息香，別走，你去哪，我就會跟著去哪裡。」

我嚇得連行李都沒收拾，直接逃離了刺脊山莊。

快逃，我將油門踩到底。

不論那是什麼，都不可以回頭。

只要在幾分鐘，回到都市後……

依蘭竟在路中央出現。

我急忙踩下煞車，卻為時已晚，她直接被我撞飛。

我驚恐地停下車，打開車門探出上身。

在車大燈交叉處，她無視關節反向扭曲的重傷，歪歪斜斜地大笑站起。

我再次鑽回車內，不顧一切地將油門踩到最底。

即便撞到她第二次，也未曾減速，徹夜未歇。

以上，就是我寫成小說《刺脊山莊》的經過，不得不承認，那次經驗雖然如夢魘般駭人，卻也成就了這本書，替我帶來可觀的財富。

然而，即使這般安慰自己，但能重來的話，我不會選擇去探索冬日君主所在的那個房間。

甚至，可能會拒絕踏入刺脊山莊。

它帶給我的創傷與影響，遠勝過我獲取的名與利。

從那次以後，我還常會看見本來背對自己的路人，竟有著漂亮的水晶指甲，猛然將頭轉為一百八十度，變成依蘭的面容，衝著我咧嘴大笑。而我的無名指都會隱隱作痛，彷彿在提醒曾經的承諾。

現在，我最重要的目標，便是找到能夠治好依蘭的方法。

二、廢墟中的惡魔

紅栗有著健康的小麥色肌膚，一頭中分長捲髮，身高偏矮，雙臂刺滿幻獸紋身。

他將蘇達卡象龜的卵埋在蛭石中，灑上少許水分，並且將孵蛋箱的溫度調整到了三十度左右。之後，又忙著用紫藥水塗抹美西螈的感染部位，扯掉那些白色的棉絮狀菌絲。

「欸欸，老兄你也太不小心了吧。」他的帝王蠍，不小心因為巢穴濕度過高而得了黑黴病，不過，雖然抱怨歸抱怨，再心疼他也束手無策。最後，他將小白鼠餵給叫作「命運女神」的球蟒，才完成了每日例行公事。

照顧好寵物，他一邊演奏水琴，一邊陶醉地凝視著牆壁上的照片。

那樂器的音色詭異，聲響不協調，常被用作恐怖電影的配樂。

紅栗是個youtuber，主題是介紹靈異現象與探索廢墟地點。最近，正全心研究著「匕首詩人」與「廢墟中的惡魔」。

照目擊者的敘述，匕首詩人有著偏長的瀏海，雙頰削瘦，薄唇挺鼻，模樣斯文，總是穿著襯衫、西裝褲和風衣。

身形彷彿隨時會吸盡周圍所有光線，眼眸像是飄移在黑霧中的光點。

大半時間，都只是緘默地凝望某處思考。

「匕首詩人」多次被目擊到出現在自殺聖地與鬧鬼廢墟，手持一把彈簧刀。也有人說是武士刀、餐刀、剃刀、匕首，各種形式。

匕首詩人通常不會停留太久，因為伴隨而來的，是有著不協調歪曲關節的女子，她就像總是能追蹤到血跡的鯊魚一般，總是能追蹤到匕首詩人的存在。

只要女怪物出現，匕首詩人就會以刀劃開空氣，遁入裂縫之中。

「看起來不是個太有威脅的傢伙呢……」紅栗停止演奏，搔搔下巴鬍渣，起身靠近另外一張相片。

廢棄大樓的浴室有座浴缸，一名男子背對鏡頭，樣貌痛苦地抱著膝蓋，背脊像是有什麼物體即將破繭而出。

讓紅栗更感興趣的是「廢墟中的惡魔」。這傳說的知名度比「匕首詩人」更高，危險度、刺激度、神祕感也都更受矚目。

有些屋子若是廢棄太久，會有些流浪的生物暫居。

傳聞四種類型的建築最容易有未知生物駐留：

一、超過三代的住戶沒有信仰，且家庭成員出現過罪犯。

二、曾有住戶自殺。

三、曾經住過為了換取才華而出賣靈魂的藝術家。
四、曾發現裡頭有靈異騷動或者舉行邪教儀式的活動痕跡。

廢墟的惡魔是種代稱，其本身應該是某種擁有別名的生物，只是恰巧在廢墟被人目擊。世界各地目擊時間通常都是半夜。在療養院、病院、工廠等地冒險時發現其蹤跡，從浴室、閣樓、地下通道都有。

無人目擊本體，他們只是看到遭到啃食的不明腐敗屍體、焦黑的礦物，還有彷彿因蛻變而脫下來的人皮，背部有像是鯊魚皮縫製的翅膀。不同目擊者多次想要保留人皮，但人皮都會在數小時內自動分解成暗紅黏膠。

令人匪夷所思的是，廢墟惡魔的發現者們，多半會在一周內消失在森林深處或溺死於大海，生前都曾在日記或者社交軟體等提及「黑彌撒聖者」。

「我一定會抓到你這傢伙，然後大紅大紫！」

紅栗愛憐地輕撫蟒蛇：「受妳這小美人庇護，我將永遠毫髮無傷。」

有那麼瞬間，他的語調中透了股莫名失落，但才持續幾秒，又立即恢復朝氣，拍拍手掌，刺在手背的獨角紋身，驀地變得像是兩把交叉的戰矛：「現在要幹嘛哩，來慶祝歷史上的今天好了？」

此時，紅栗的手機響起了鈴聲，是攻殼機動隊的主題曲。

他皺眉，將話筒湊到耳旁：「嘿？」

話筒傳來稚嫩的女孩聲：「老哥，你今天又沒去上課對不對？」

是紅栗就讀高中的妹妹。

「哈……哈……哈，」紅栗乾笑兩聲：「我有更重要的事情啦。」

「什麼事情？」

「我、我在趕著拍新影片啦！」紅栗不由自主地舔濕嘴唇。

先是數秒靜默，接著，是妹妹的深深長嘆：「你這樣不知道要何時才能畢業啊，追求夢想是很好啦，但是，也要考慮到未來啊，爸爸現在醫藥費那麼……」

「別緊張啦！這次，只要成功拍到『廢墟中的惡魔』，我就會一炮而紅，有了流量呀，我大學畢不畢業，錢什麼的都不用擔心啦！」

「才沒有……」

「啊，有插播，之後再說啦！」紅栗放下手機，他並沒有撒謊，螢幕顯示著有人來電。

但他並沒有立刻接起，而是喃喃自語：「傻妹妹，都不知道做這些全是為了妳？我畢業了也賺不了什麼錢，要是一炮而紅……」

紅栗搖搖頭，捏了捏自己臉頰後，接通插播。

「嘿？」

「你現在有空嗎？」是紅栗很熟悉的男聲。

紅栗愣了愣，才恍然大悟：「是學長嗎？」

「是，你現在可以出來嗎？」

「怎麼了？我們不是上週才碰面嗎？雖然是隔了好幾年才碰面，但立刻又約，你也太猴急了吧。」

然而，對方只是以冰冷語調重複：「你有空過來嗎？」

他望了眼桌面的教科書，心虛道：「有。」

「我在你住的地方樓頂，過來找我。」

「啊？」

雖然滿腹疑問，可是紅栗還是馬上跑至頂樓。

夕色如蜜流淌，視線遍及處都像帳了一層昏黃薄紗。

頂樓曬滿了住戶的衣服，還有幾張椅子，以及充當菸灰缸的沙拉油桶。紅栗看向遠方，城市彷彿海市蜃樓的幻影般美麗。

而學長竟然真的在那裡，無視危險站在最外圍的牆上。

「咦？」紅栗忍不住喊：「也太鬼扯了吧，學長你怎麼上來的？都沒有人管嗎？」

他沒有立即回應，只是面容淡然地眺望著遠方。

「學長？」

他張開雙臂，往前邁了一步。

那模樣，彷彿幻化出了能聚攏四面八方強風的羽翼。一瞬間，竟讓紅栗有些羨慕。

然而，人類會飛翔終究只是妄念。

失去支撐的他，自大樓鉛直墜落。

紅栗想要伸手抓住對方，但一步之差撲了空。

他目睹對方鉛直墜落。

「這是在開玩笑嗎？」

而當那背影以格放般的慢動作消失同時，他萌生了一個念頭。

紅栗上週才與這名學長碰過面。

十年前，學長一直覺得自己會成功，會永遠勝過紅栗，現在卻並未如願成為大紅人，連訂閱量都沒破千，更沒有拍出什麼電影，換了好幾份與拍片無關的工作，現在只能兼職度日。

看著學長邊喝酒，邊抱怨的醜態，他倏然覺得，原來自己沒停留在原地，而是真的有所進步。

想到這裡，稍稍感到安慰，愉悅了起來。

這傢伙也差不多完蛋了，本來想和他請教苦中作樂，但如今卻已成了一位無聊至極，只會不斷提及當年錯過機會的傢伙。

現在他卻在紅栗面前跳下了樓。

「開、開玩笑吧？」

他衝到牆壁旁邊俯瞰。

然而，這一切是真真實實發生在眼前。

碎裂的車體頂部躺著血肉模糊的人體。

他真的跳了下去。

學長瞪著天空，展露滿足的微笑。

「糟糕！」紅栗立即衝下樓梯，若是被懷疑是自己推下去的，那就麻煩了。

「快快快快。」

他奔回自己房間，慌張地取出鑰匙，因為手抖而滑落了幾次，好不容易才成功轉開喇叭鎖。

他抱頭，縮肩坐在書桌前，聽到逐漸放大的救護車警鈴。

「沒事、沒事、沒事、沒事……」

紅栗在心裡盤算，下一步該如何是好？警方若是查到他從現場逃逸，是不是也可以追究他是嫌疑犯？

被懷疑的話，是不是網民就會發出圍剿，他就要社會性死亡了？

怎麼辦？怎麼辦？

叩。

是有人敲擊玻璃的聲音。

「咿！」紅栗尖叫出來，這裡可是六樓啊。

他不敢轉頭。

叩叩叩。

彷彿意識到他的恐懼，頻率更加激烈。

叩叩叩叩叩。

「滾、滾開啊！」他鑽到桌子底下，閉眼嘶吼。

敲擊聲停止。

接著，非常清晰地，從房間之內，近在咫尺的距離，他聽到了學長的聲音。

「紅栗，你看呀，我在飛翔。」

「別過來啊！」他哀號，雙臂胡亂揮舞，意外地摸到了遺落在地板的美工刀。這時，不知是否算徹底失去了理智，紅栗推出刀刃，歇斯底里衝了出去。

「去死啊！」他咆哮地從桌下躍出，卻立刻僵在原地。

是學長啊。

祂的四肢扭曲，像是用來固定蟲繭的黏絲般持續延伸。不斷、不斷延長，撞到了天花板，折個彎，向前、向後、向左、向右繼續延長。

像蛇類的軀體扭絞。

那怪物面帶微笑，正在啃食「命運女神」，密密麻麻鐮刀般的利齒攪動得血肉模糊。

紅栗聽到祂在重複著：「好餓、好餓。」

看起來因為嚴重的衝擊，左邊眼珠子滾出了目眶，鼻樑像是掙扎中的蚯蚓歪七扭八，牙齒也缺了好幾個口子。

「啊、啊、啊。」紅栗喘不過氣，驚嚇到連美工刀都拿不穩，直接落到了地板。

「紅栗，你……在……這……裡……呀。」

怪物伸長脖子，將爛掉甜瓜般的頭顱湊靠過來。

「別過來啊！求求你別過來啊！」

「我……要……把……『北境之眼』送……給你。」祂從裂痕極深的腹腔中，掏出一件金屬外殼的長方形物體，舉止異常溫柔地放在紅栗面前。

紅栗嚇得閉目尖叫：「別傷害我！拜託也不要去找我妹妹！」

沒想到，怪物竟照著紅栗所說，停止了動作。

靜靜地過了五秒。

紅栗睜開眼。

那裡空無一物。

房間並沒有怪物，只有一支老舊的貝殼式掀蓋手機。

「怪物呢？」他左顧右盼，卻發現就連窗子都是緊緊閉鎖著：「剛剛那是？幻覺？」

就在紅栗滿頭霧水時，終於注意到擱置地面的深藍手機。起初他並不敢靠近，但久之，平復心情後，好奇心仍戰勝了恐懼。

「這是？怪物說什麼來著？北境之眼哦？」

他稍有遲疑，但還是甩開了摺疊面板，按下開機鈕，竟然還有電量，他檢視了一下，發現之中有三、四十支影片。

紅栗播放第一支影片。

是天蛾人的清晰錄像，祂站在墓園的石碑頂端，模樣像是在監控埋葬地底的死者。

接著是第二支。

是白茫茫的雪原，有隻野獸從積雪竄出，外貌像蛇，渾身都是鱗片，長了貓耳，眼睛會閃過光芒。

「根本像是披著魚鱗的貓……難道是阿爾卑斯山的塔佐蠕蟲？」

然後，是更多更多的影片。

坐在圓桌旁與總統開會的外星人。

深海中的巨獸，看起來像是放大版蜥蜴，背上有鐮刀般骨板，四肢有蹼，尾端拖著尾錘。

追逐著那九名俄羅斯登山客的人形怪物。

戈壁沙漠中的巨大蠕蟲。

大概是剛果森林附近，能夠用身軀阻斷河流的腕龍。

擱淺到沙灘的詭異屍體，近距離觀察，是有著數十對，蒼白，猶如女性人類手臂的姥鯊。

被人捕捉到的飛棍真身。

紅栗不確定這是否為真為假，但很確定都是第一手資料，他從未在網路任何地方看過。

「這……太棒了。」他的嗓音因為過度興奮而顫抖不止：「這些影片，放到網路上，流量什麼的，豈止是流量啊，我根本可以自己架一個網站，直接賺訂閱費還有廣告費啊！」他趕緊坐到書桌前，將手機接上筆記型電腦。

「太棒了太棒了！」紅栗欣喜若狂，頃刻，這一切來得太突然美好，歡欣地顫動飄忽。「我要走運啦！夢想要達成啦！所有事情都可以解決了！」

他的心劇烈跳動，等待上傳電腦時，立即打給了妹妹，全然忘記數分鐘前，學長才在他面前墜樓身亡。

「嘿！嘿！嘿！」電話一接通，他高興大喊：「成功啦！我們要成功啦！」

「什麼事呀？老哥？」雖然不太清楚紅栗為何亢奮，但妹妹也不由自主地跟著愉快了起來。

「萬歲啦！我們可以有錢能去世界各地拍恐怖聖地探訪啦！」

當晚，紅栗徹夜未眠，規劃著要怎麼設計新的網站。而關於學長自殺的事件，電視台只有在晚間新聞時，花了幾分鐘播報。

紅栗將影片上傳之後，情況發展出乎意料地順利。

才幾個月，他就累積了一筆存款與知名度。妹妹的生活費與學雜費，也有了著落。他還搬至了更寬敞的租屋。

然而，這一切都無法滿足那日益茁壯的野心。畢竟，對初衷即是追求更高名利的紅栗來說，永遠不會有抵達目標的一日。

況且，他也還沒找到關於「廢墟中的惡魔」的影片。

紅栗知道自己絕對會成為一位大人物。

當那天來到，每有親友們提及他，周圍人們就會以羨慕、嫉妒的語氣說：「真的假的？你竟然認識那個大名鼎鼎的傢伙？」

紅栗一直希望妹妹能夠得到幸福，因為她是世間唯一相信過自己的人。

而親眼目睹學長跳樓，變成恐怖怪物交給他「北境之眼」，就再三證明了，他不是僥倖，注定是特別的。

注定是被超自然力量選中的先知、揭秘者。

那天學長的屍體吞噬掉「幸運女神」是種啟示——像是人子獻祭自我，球蟒、學長，所有未知的怪物都在支持著他，宿命是眷顧著他的。

不過，縱然擁有這樣的信心，始終有紅栗無法突破的部分。

他的網站雖然很受歡迎，可都是靠「北境之眼」中儲存的影片，而紅栗拍攝的部分，則是點閱率與評論都顯得非常悽慘。然而，這不但沒有打擊到紅栗，反而讓他越挫越勇。

只要想起自己打著石膏在醫院的那段日子，還有在網路的匿名謾罵留言。紅栗便更加深信苦澀終將成為珍貴的養分，讓他綻放出更加璀璨耀眼的花朵。

這次他一定也可以熬過去的。

而這段時間，尋找靈感的紅栗都流連在固定的幾間酒館。

今晚，他在歐式庭院風格的酒館。音樂旋律輕巧愉快，香菸、香水、古龍水、髮膠的味道繚繞紛雜。微醺的人們興致高昂。

他坐在露天沙發，觀看自己網站的影片。倏然，有名女子悄悄來到他的面前，安靜地像是沒有腳步聲的幽靈。

「不好意思，請問你是不是就是『異想巢穴』的站長，紅栗啊？」

「嘿？」紅栗嚇了一跳，還差點打翻調酒。他望向來者，第一眼入目的是僅穿了細肩帶上衣，婀娜撩人的女體。

紅栗緩緩將視線上移，她有雙楚楚可憐的大眼，性感的淚痣，差點碰到肩窩的短髮，以及隨時會呼之欲出的豐滿胸部。

雖然不是紅栗最喜歡的類型，但仍勾起了他的慾火。

「我太唐突了嗎？」

「啊，不是不是，是我很意外有人可以認出我來。」

她用左右食指拉拉嘴角，顰眉：「可是你的影片不都有你嗎？」

紅栗苦笑，晃了晃手機畫面：「有我的點閱率都很低啊！」

「哈哈哈。」女子半掩著嘴：「我是你的超級大粉絲欸，可以和你坐嗎？」

「請請請。」紅栗拍拍旁邊的坐墊：「能和妳這樣的美女坐，是我的榮幸啊。」

「嘻嘻，不，我是說，你要和我回家嗎？」

「咦？」

他頓了半秒，大概是累積多日的壓力終於爆發，又或許單純只是酒精作祟，紅栗以赤裸裸的視線將女子打量一番後，壓低聲音說：「妳家在哪？」

最後，女子卻選擇和紅栗去了賓館。在計程車上時，他依然沒有詢問對方的名字。

「不用找了。」下車時，紅栗直接塞了鈔票給司機。途中，他們又去超商買了保險套與廉價威士忌。

雖然是對方邀請紅栗的，但在旅館的時候，卻和先前渾身散發色氣的模樣判若兩人，連接吻時都死死緊閉門牙，彷彿深怕紅栗的舌頭也長了一排門牙。

「喂，妳是不是根本在耍我啊？」受酒精影響，而且沒有得到滿足的紅栗，惱羞成怒。他將赤裸的對方往前一推，直直瞪著她柔軟、沾滿汗水的胸部。

她不發一語，只是大聲喘息，紅栗打算繼續出言抱怨時，卻忽然發覺，那不是汗水，而是女子的淚珠。

「妳……」

「對不起，對不起，住手好不好。」她抓起短上衣遮蔽胸部，夾緊雙腿，努力縮至角落。

「怎麼回事？怎麼了？」

「我不行，我做不到。」她又繼續低低泣喃，見到這模樣的紅栗頓時失去所有興致，他離開床鋪，暴躁地穿上內褲：「妳到底要幹嘛啦？」

「我想、我想請你幫我個忙好不好？」

準備去浴室梳洗的紅栗，連步伐都沒有停止，輕蔑地拋下個字：「忙？」

她倒抽口氣，像是大受打擊，可還是鼓起勇氣喊：「我知道你一直在尋找廢墟中的惡魔！」

這句話，讓紅栗身軀一顫，他直接邁著大步走回。表情猙獰地簡直像自己赤裸胸膛上的怪物刺青。

「你有廢墟中的惡魔的情報？」

她雙眼赤紅，盈滿淚水，嘴唇持續抽搐，那悽慘的面容讓哭痣格外明顯，而且竟然令紅栗再次起了性慾。

「我們的教派叫做『無念』，崇拜著廢墟中的惡魔。」

「無念？我第一次聽到無念。」

「我和我的姊姊本來都是教徒，但是……」

「怎麼？妳們叛逃了嗎？」

「才沒有！」她激動地大喊，以委屈口吻說：「就是這樣才過份，我和我姊姊都很虔誠，可是，我姊姊竟然被選為下次的活人祭品。」

「警察勒？」

「報警過了，也找過媒體，但我不知道是不是因為那裡有無念的教徒，所以訊息都被壓下來了，但你不一樣，你揭發了那麼多祕密，卻仍沒有任何人可以出手，我在想說，說不定你可以幫幫我。」

「好啊！把妳所有知道的都告訴我！」紅栗亢奮地說：「就是了！我的預感果然沒錯！」

「嗯，我想辦法偷出資料和文獻，三天後我們碰面，要盡快救出我的姐姐。」

「當然！」紅栗搓搓雙手，又是吻著臂膀的刺青，又是閉著眼演奏著假想的樂器，現在更恨不得回去撫摸專屬於自己的寵物們。

他再次脫下衣物，肌膚暴突出了青色的血管：「所以哩，妳現在又有性慾了嗎？」

「等、等……住手啊！」

「別管啦！」

三天後，紅栗依約來到指定的地點。

那是間半廢棄的商場大樓，這裡曾經非常繁華，卻發生了奪走多條人命的大火，從此沒落。之後，就不時有人會溜進來探險、吸毒或自殺。

除了一樓仍有幾家傳統雜貨店，其他部分已經都關閉了。

紅栗按了幾次電梯鈕，毫無反應，於是只好選擇走樓梯到頂樓。

考量到之前的靈異經驗，這次，他準備了一把改造手槍，裡頭裝有具備殺傷力的鋼珠。

走到接近頂樓時，竟在上方出現高大的人影。

紅栗高舉手槍，以威嚇口吻道：「你是誰？」

人影卻只是淡然說：「不重要，重要的是我說了什麼。先把槍放下吧，我不會傷害你，突然走火的話也會傷到我的。」

「嗯，也是。」他將改造手槍插回褲袋，仔細端詳過這男人的面孔後，他才恍然大悟道：「你是……匕首詩人？」

他長嘆口氣：「這麼容易就被認出來了嗎……總之，我勸你不要過去。」

「幹嘛？」紅栗語帶挑釁：「你是不是害怕我揭發你們的祕密？」

他只是冷冷道：「不是，是為你而好，人類太渺小了，如果妄想操弄自己不了解的事物，絕對會引來毀滅。」

紅栗挑眉，戲謔地拍了兩下手掌：「哇，沒想到，每次見著恐怖女鬼，就只會逃跑的匕首詩人，口氣竟然這麼傲慢啊。」

「那不是恐怖女鬼，是我的妻子。我在尋找拯救她的方法。」

紅栗陷入了短暫的沉默。但才幾秒，就大擺手臂說：「隨便啦，讓開，我要上去。」

匕首詩人不為所動，雙手插於風衣口袋，慢慢地，一階一階地離開，與紅栗擦肩而過。

「哼，連匕首詩人也要阻撓我嗎？」他埋怨，但旋即想起，自己也該替這都市傳說拍照。

「喂！」當他轉頭時，後方卻空無一人：「嘿？再怎麼快也不可能吧？而且沒有腳步聲……算了。」

他加緊腳步，一路奔至了最高樓。

商場像是座迷宮，留有不少廢棄的玻璃展示櫃與模特人偶。

除了窗戶的自然光，沒有任何照明，到處是焦痕與廢棄的毒品針頭，氛圍詭譎。而不會枯死的假植物盆栽綠意盎然，莫名地給了紅栗一股安詳的靜謐感。

他開始有點緊張。

「四零四號房。」他先研究了商場地圖，才慢慢走去，心中不斷盤算，終於要抵達夢寐以求的目標了，他又忍不住陶醉起來。

得到廢墟中的惡魔的情報，他的聲望將會更加提升。到時候，就能帶給妹妹更好的生活了。一想到這裡，就不禁加快步伐。

在轉彎後，他倏然呆愣於原地。

眼前的光景讓紅栗嚇得渾身僵硬。

那名女子立在走廊盡頭。

雙腳離地，脖子勒著繩索。

他腦袋閃現前日那女子的哭容，淚水滑落那顆痣時，會將其染為深褐色。

現在，那癱軟的身軀隨灌入大樓的勁風懸宕搖曳。

「欸？她，自殺了？」

好不容易，當紅栗稍微恢復神智後，狹長走廊的兩端湧入了數名穿著斗篷的男女。

他們的服飾特殊，水色悠然，彷彿綴滿泡沫般奇妙迷人。移動時，長袍浮動光暈，像是縫上了水晶打磨而成的鱗片。

「別過來！」他舉起改造手槍，焦躁地來回轉身，對著兩方夾擊的斗篷客怒喊：「我真的會開槍！」

領頭者，掛著類似捕夢網的首飾，他對著紅栗高舉掌心，像是要遏止其他人繼續前進。點，他以指尖敲打飾品。接著，脫下了兜帽。

是死去的學長。

紅栗像是被人撕裂咽喉，全然無法應聲。

「沒錯，你真的是被選中的那個人。」他說。

紅栗受到強行控制般，不由自主地放下手槍。

學長繼續前進，而紅栗維持催眠似的狀態，在教徒的呢喃聲中，往反方向走去。

明明意識很清楚，他卻無法控制雙腳，只能乖順地走到電梯之前。

「進去吧。」

門自動開啟，紅栗與學長、三名教徒進去了電梯。

「我們要去哪裡？」

「我們要帶你去見廢墟中的惡魔。」

「我還回得來嗎？」

「你的家人都已經在那裡了。」

「包含……我的妹妹嗎？」

「她已經等候多時了。」

「嗯。」

電梯一路直達地底。

按鈕只到地下二樓，但螢光幕顯示的樓層，卻瘋狂驟減，地下十樓、十一樓、十二樓、十三樓……九百九十八樓、九百九十九樓。

梯門左右打開。

這裡，竟然比樓上還要明亮。

柔和的白，驅離了柔和的黑闇。

溫暖的曙光吞噬了紅栗。

三、朽葉之神

他第一次看見朽葉之神，是在飄落著雪白花瓣的庭院。

當時，天鵝絨不過十歲。父親帶著他拜訪富有的遠方親戚，希望能借到一點錢來度過拮据時日。

而大人在屋內談話時，他就獨自在屋外玩耍。

記憶中，那棟別墅的外貌總散發著淺淺微光，像是覆蓋著一層如夢似幻的淺藍帷幕。

他跳階而走，到處都是百合花。純白的、夕色的、粉紅的。香氣如湖水包覆住了天鵝絨，沁入他的鼻腔、咽喉、耳蝸，以及每寸肌膚。

「媽媽說，這是百合，不是牽牛花啊。」

看到美麗的花朵，一股思念之情竄進天鵝絨的腦袋。

他猛然想起了母親，接著，忍不住質疑，當他思念母親時，她也會因此感受得到嗎？

他垂下雙肩，放慢步伐。

沒多久，那條路就被更多無法喚名的花叢吞沒。

天鵝絨止足，不想往前。

驀然，他被某個奇妙的景致吸引了注意力。

在山丘頂處，聳立著一尊天使雕像。

那是留有長捲髮的年輕女子，眼瞼低垂，輕抿的嘴角微微上揚，模樣慈悲。而一旁的巨木翩翩落著冰雪結晶般的花瓣。

展翅的模樣非常壯觀，彷彿能橫跨天際線兩端。

於是，他轉變方向，爬上長滿雜草的斜坡。

小小身軀有些吃力，但他手腳並用，靈活得像隻野兔，沒兩下就到了雕像旁，天鵝絨抱膝而坐，將背倚靠在天使腳邊：「爸爸還要多久啊？」

落花翩然紛飛。

好寂寞……從小會聽天鵝絨說話的，只有媽媽，而媽媽卻輕易地捨棄了他。

他陷入思緒，父親曾深信知識是這世上最美好的事物。並且花費了所有積蓄，在鎮上經營了一間書店。

他常常以高價收購珍貴書籍。而只要對知識渴求者，他都非常歡迎，無論身分是學者、名流、商人、平民，甚至是乞丐。這讓他數十年來，都受到了鎮民的愛戴與尊敬。

然而，始料未及的，他某日得到了一份難解手稿。

不知為何，包含天鵝絨的父親，所有見過之人都異常著迷。每個月固定有一晚，他們聚集在地下室研讀這份手稿。

上頭由密碼所寫成，還附註了看起來像是精密的儀器與昆蟲口器的素描插圖。有一頁則專門繪製了充滿各式各樣寄生蟲的人體剖面圖，而那些外型讓人作嘔的生物則對應到了不同星座。

他們在分析內容以後，研判這份手稿來自一名叫做「朽葉之神」的古老存在。天鵝絨有看過爸爸抄寫下來的部分。他的記憶力極佳，只要讀過的內容近乎過目不忘。

朽葉之神外表有三種常見型態。

一、穿著枯木和人骨製成的鎧甲，手持鹿角和琥珀雕刻的權杖的長髮美男子。

二、身披爬滿藤蔓斗篷，打著赤足的紅眼少年。

三、非常醜陋，有著人臉的黑色迷霧團。

關於朽葉之神最早出現的紀錄，距今八百年前，祂宣稱自己正在不同次元旅行，只是恰巧短暫經過現世維度。喜歡毒品，還有外貌俊美或者體魄良好的男性。不會輕易傷害這個世界的居民，但值得一提的是，祂所謂傷害指的是重覆凌虐與折磨後又以魔法修復肉體。

剛來到現世時被古代地底人當過主神崇拜過，雖然表現和藹開明，實質上善妒又貪婪。是目前所知少數願意和人類溝通的神祇，但也有臨陣脫逃的紀錄。

後來，天鵝絨與他的父親始終不曉得，究竟是因為某人起了貪念，想要獨佔手稿，又或者是單純地畏懼起了這群人擁有過度強大的力量，總之，有人舉報了那上頭記載著各種黑魔法與幻術，甚至紙張的材質都是人皮所製。

這件事情傳到鎮長與政府耳中，逮捕了天鵝絨的父親。

他們誣陷天鵝絨的父親是個間諜。

受到審判時，卻無人願意相信天鵝絨的父親。縱然認識了他數十年，那些受過照顧的人們，都選擇背叛了敦厚正直的父親。

最後，是父親花光了剩餘財產賄賂，才免受判刑。

現在拜訪的這位親戚，也曾經來過幾次他們家的書店。每次親眼見到朽葉之神的手稿，雙眼都會閃爍出光芒。

「好久呀……」天鵝絨發現了草地有甲蟲的屍骸，放在掌心把玩了起來。

他摸著甲蟲光滑的幾丁質外殼，閉上眼喃喃自語：「朽葉之神，幫幫我們家吧。」

「呼喊我名諱者，就是你吧。」

天鵝絨睜眼，面前竟憑空多了名男子。

「穿著枯木和人骨製成的鎧甲，手持鹿角和琥珀雕刻的權杖的長髮美男子……你就是朽葉之神吧？」

長髮美男子露出狐狸般的奸笑：「是。」

「哇！」天鵝絨開心地跳了起來，揮舞著小小拳頭：「幫我們家好不好？拜託你，朽葉之神！」

朽葉之神湊近了臉，似乎對天鵝絨的話語很有興趣，祂以中性的嗓音說：「當然可以，小國王，你想要實現什麼願望？」

「我想要狠狠處罰害我們家的人！」

「這樣的話，那得付出代價了呀，我想想，以人類的年紀來說，你還是個孩子吧？」

天鵝絨用力地點了點頭：「嗯！」

「還需要點時間啊，總之，你只要記得遵照我說的就可以了，需要時，我自然會召喚你。」

「好呀好呀，但是，如果之後，我沒有辦法遵守承諾了呢？」

祂露齒而笑：「那世界末日後，我就會來取走你的靈魂，奴役和折磨千年。」

他瑟縮肩膀說：「聽起來好可怕……」

朽葉之神的嗓音卻忽而轉得甜美黏膩，像是在哄騙道：「你只要遵守諾言，就不會有問題。」

年幼的天鵝絨竟立刻同意了這說法，得意地附和：「好！那我會遵守諾言的，還有，朽葉之神為什麼叫做朽葉之神啊？」

「因為所有昆蟲都是從朽葉之中孵化的，蟲子們都是我的一部分。」

「蟲子都是朽葉之神的一部分嗎？」

「是，所以你得用鮮血祭祀牠們。並使其在人間飛行，對萬物散布福音，唯獨排除雙腳行立的愚者們，他們自有末日。而鮮血則會得到補償。」
「我……聽不太懂。」
「即使現在不懂，只要謹記這些戒律，終會有天理解的。」
「好。」
「眨眼。」朽葉之神命令。
天鵝絨不疑有他闔上眼。
再次睜開眼睛，竟然已經處於宅邸之中。
是布置得中規中矩的房間，有鐵櫃，印泥，膠帶台……，應是用來辦公的地方。
對坐在桌前的兩人，目瞪口呆地盯著天鵝絨以及朽葉之神。
爸爸與那名親戚，正在擬定契約。
「這……」天鵝絨的爸爸聲音顫抖不止：「是朽葉之神？」
朽葉之神擁住天鵝絨，將他放置在房間的角落後，猝然化為一團黑霧，推開花瓶與矮几，拼湊成醜陋的巨臉。
祂以震盪天際的聲音道：「我來實現信徒的願望，讓陷害他們的罪魁禍首得到報應。」
天鵝絨的父親馬上起身，奔至兒子旁，緊緊護著他。
而消瘦、禿頭，滿臉皺紋的親戚本來想要站起，卻嚇得癱軟，雙膝跪地，只能連滾帶爬逃到保險箱旁，迅速開鎖，拿出了一把自動手槍。

「去吧。」朽葉之神散去。

原本煙霧所在之處，出現了怪異龐大的形體。

那是名巨嬰，腰部縫著侏儒母親。

侏儒母親一直餵食嬰兒黑色肉粥，可是祂的下巴卻不斷流出腐敗的臭血肉，而巨嬰的雙手則忙著將那些東西塞進胃中央的大洞。

「不要過來，不要過來啊！求求你不要過來！」

禿頭中年男子叫聲很是淒厲，天鵝絨只記得那麼多，後續記憶，都被塵封在腦海深處，如何也無法提取。

而天鵝絨的父親也絕口不提，他迅速將手稿賣掉後，擁有了一小筆積蓄，父子倆便搬到都市居住，靠著將文章投稿給報社維生。

天鵝絨也跟著父親，替雜誌社工作。不過職務是到處收集新聞。這樣也好，能更加方便找到朽葉之神。

他得尋覓到朽葉之神祈求救贖。

因為他打破了承諾，青少年時，被喜歡的女孩拉去教會受洗。

當晚，他就夢到了後半部記憶。

那間汙穢不潔的宅邸，像座銹蝕不堪的地牢，充滿著血腥、尿液的氣味。

喀擦、喀擦、喀擦。

鬼侏儒母子邊嚼爛親戚破碎的屍體，邊以泛黃雙眼盯著仍是孩童的天鵝絨，用小女孩的聲音「咯、咯、咯」笑。

「你打破承諾了。」祂們說。

三不五時，天鵝絨就會夢到自己又回到那座宅邸，被各種詭異的存在追逐。

這讓天鵝絨總是擔憂，哪次沉眠，自己的靈魂就會順勢被拖入萬丈深淵，再也無法甦醒。

所以，他總是西裝筆挺的入睡。

天鵝絨喜歡劍領西裝。

他不適合傳統的英式剪裁，墊肩、窄腰、長腿會讓他魁梧身材顯得過度緊繃壓迫。相較之下，他更適合義式剪裁，能凸顯那飽滿的胸膛，略高的腰線，下襬也更加伏貼身形，更良好融合優雅與挺拔。

他還喜歡搭配瀟灑不羈的鞋子，像是雙扣孟克鞋、牛皮與麂皮拼接的短靴。

天鵝絨也會上健身房與拳館，將自己鍛鍊得虎背熊腰，從不怠慢。

追查朽葉之神的下落，一晃眼就是六、七年，卻沒有太多線索。

而他虔誠無比，對自己的曾經作為滿是懊悔。

但今日不一樣。他闔上本來正在閱讀的書籍，情節剛好停在一名男子，總是去探望癱瘓、無法言語的少女，替她綁好長辮，溫柔地哄著她，但每次離去前，都會在她耳邊溫柔道：「下次，我就會殺了妳。」

他離開辦公室，走到樓下吸菸區。

稍晚，他要獨自去追蹤一個叫做「無念」的祕密教派。

天鵝絨收到線報，今夜他們要執行降臨儀式。他猜想，有很高機率那是朽葉之神。

因為匿名提供者還附註「那主教總是喜歡一些爬蟲類、昆蟲，噁心的東西，可能祭祀的神明也與其有關。」

更讓天鵝絨感興趣的，「無念」成員流出的資料中，記載著「朽葉之神」、「冬日君主」、「墨浪夫人」、「黑彌撒聖者」等等內容。

他走至紅線圍成的方形框，那裡已經有位抽著薄荷涼菸的金髮女子。

她的五官看起來混了亞洲與歐美血統，藍襯衫與黑窄裙將窈窕身材勾勒地一覽無遺。

她沒穿內衣呀……天鵝絨也不避開視線，先從金盒拿出捲菸，再拿出打火機點燃。

那是他自製的工藝品，將擬蠍蟲屍體乾燥化後，把煤油灌入體腔製成的打火機。

「你打扮得那麼好看，用的打火機卻糟糕透了。」金髮女子笑道。

天鵝絨聳聳肩，從鼻腔噴吐煙霧。

她又吸了口菸，繼續說：「真不知道該說你的品味是好還是壞。」

他露出不以為然的表情，把玩著擬蠍蟲屍體：「自己舒適就好了。」

「好啦，固執的人。」她將沾了口紅的濾嘴扔進菸灰缸：「現在呢？我們還算男女朋友嗎？」

他丟掉剩下半支菸，整理好衣領與袖口：「要看妳怎麼定義了。」

「唔，那，天鵝絨，你今晚有約嗎？」她繼續翹著腳，勾著半脫的高跟鞋，左手托著臉腮，右手撫平黑絲襪。

天鵝絨與她四目交接，陷入沉默。

「有約了。」

「好吧，那沒事啦，沒關係。」

她口裡說不在乎，那對美麗的水藍眸子卻訴說著不同的故事。

「嗯，差不多就這樣吧。」天鵝絨又點了一支菸。

女子扶起身軀，恍恍惚惚，像是一朵在風中搖曳的金色花朵，朝天鵝絨來的反方向離去。

「就這樣吧。」他低語，並看了一眼機械腕錶。時間尚早，開車回家後，還可以鍛鍊一會兒身子，再開始做潛入準備。

他繞道去買了新的銲錫線與鉛板，那是用來製作昆蟲型態的手工藝品。他深信所有蟲子都是由朽葉孵化，是朽葉之神的一部分。

回到家，將車子停妥後，他又抽了兩支菸，簡單禱告。

他獨自住在擁有地下室的兩層平房。

將客廳地板換成強化玻璃，這樣就能隨時看見自己的作品。

是一尊逼近轎車大小的蟻獅雕像。

用骨骸作軀幹，腹部氣孔長出了褐與黑的絨毛，似乎是使用處理過的人類毛髮。血盆大口中放著數具模特人偶的殘肢。

工法精緻，震撼與魄力十足，彷彿行走於玻璃上，下秒即會真的被吞噬。

他將大衣掛回木櫃，檢視起自己的作品。

鋼鐵蝴蝶。

長足聖甲蟲，背部有吸入管，像是水煙筒。

鞭蛛，壓克力的透明腹部中，有著條蟲標本。

紅華娘，腹部是活塞，會在渠溝中快速移動。

螳螂，以手術刀作為前鐮，三角頭的嘴部有面罩，其邊緣有一根根錫製管線接到大腦。

蚰蜒外型的指虎，排列整齊的千足，化成密密麻麻的利爪。

天鵝絨坐在工作檯，以銲接加工黃銅，製作出可動式關節。

他準備製作虎頭蜂，並將腹部的蜂針改良成針筒，複眼替換為鏡頭。

一邊工作，天鵝絨一邊盤算，聽說「無念」的主教飼養許多蟲子與爬蟲類，也是因為聽聞了朽葉之神的一番意旨嗎？

不排除這種可能。但這人憑什麼成為主教？要比虔誠，自己對朽葉之神的付出應該更多。

難道是因為曾經叛離諾言的緣故嗎？只能說這不無道理，天鵝絨有些喪氣，他得做點些事情來挽回朽葉之神的眷顧。

在腹側噴漆加工陰影，等著乾燥後還要將表面噴上一層透明保護瓷漆。

時間差不多了，晚上十點，離午夜還有兩小時，他得提前部屬。

他踱步至衣櫃前，選擇要穿什麼外套。

淺霧色拉克蘭袖大衣、羊毛愛爾蘭風衣、皮衣西上裝、橄欖綠針織獵裝外套。

最後，選擇了深受英國溫莎公爵喜愛的威爾斯王子。

紅、藍格線交叉黑、白、灰格紋，款式典雅高貴，溫柔內斂。尤其是羊毛，軟化了嚴肅調性。

寄給天鵝絨的電子郵件中，提到今晚「無念」的儀式將舉辦在廢棄的商場大樓，位於頂樓的四零四號房。

天鵝絨對那間商場大樓還有點印象，兒時曾經去過一、兩次，後來發生了奪去無數人命的大火後，如今宛若死城。的確，他並不意外儀式舉辦在破敗的廢墟。

將地圖牢牢記在腦袋之後，他開車驅往廢棄大樓，速度極快，卻一次都沒闖過紅燈，最後，停駐在看來人煙稀少的公園，還乖乖地投了路邊的自動收費機。

天鵝絨又點了一根菸。邊複誦著見到朽葉之神後，想要傾訴的禱告文辭。他早就在腦袋中演練過千百遍。

他一直深信，凡事做好萬全準備者，才有機會獲得優勢。這與父親的想法有所牴觸，父親總說，大部分的事情，都可以分成兩種，因為可以處理，所以立刻去做，或者無法處理，便直接放棄和無視。

父親的性格曾經非常溫暖與積極，總鼓勵天鵝絨，沒有無法跨過的坎，一定有神存在，冥冥中守護著努力的人類。

但是，在遭受背叛之後，他變得鬱鬱寡歡，就算復仇了，也對那親戚的死亡耿耿於懷，這近乎愚蠢的慈悲心讓天鵝絨始終無法釋懷。

搬到城市後，天鵝絨的父親自殺失敗了三次。最後，他說要出門買包菸，就消失在天鵝絨的生命之中。

天鵝絨強迫自己中斷回憶，將菸蒂收到隨身菸灰袋裡，放輕腳步溜進了廢棄大樓。

電梯不能使用，天曉得是故障還是已經關掉了電源。不過，對於長期鍛鍊的天鵝絨來說，要徒步抵達頂樓依然非常輕鬆。

一路上通行無阻。

很快地，他就照著俯視圖找到了對應位置。

編號四零四曾是個商家。

天鵝絨躲在鐵門旁，朝裡頭檢視，牆壁有著許多邊緣染成黑炭的美式風格插畫海報。翻倒的玻璃櫃有疊成一堆的超級英雄模型。他從殘骸推測，這應該曾是間桌遊或者模型店。

天鵝絨朝裡頭觀察，發現幢幢人影。

因為有段距離，加上桌椅遮蔽，從天鵝絨的角度很難看清他們動作，只能得知他們正圍成圓圈不斷跪拜。

無法辨認內容的咒辭迴盪在店內。他半蹲，更加靠近，好不容易才看到全景：地板放著燃燒中的酒精燈，分別在螢光油漆繪成的法陣四角。教徒們身穿鱗片斗篷，節奏一致地朝中央的物體磕頭。

從輪廓判斷，那應該是一名成人坐在高椅之上，蓋著猩紅色絲綢布料。

這詭異的氛圍讓天鵝絨不寒而顫。他將腳步放得更輕，像隻狩獵的山貓屏息靠近。

然而，當他見到教徒的模樣時，瞬間詫異地頭暈目眩。

「無念」教徒，不論是面容、裸露出來的部分都像是焦黑或者腐爛一陣子的屍體。

那些不是人類。

隨著誦吟聲越演越烈，他們的動作更加癲狂、暴躁，肌膚開始龜裂，變得支離破碎，卻依舊沒有停歇的意思。

有名信徒衣袖不慎沾到酒精，頓時全身熊熊燃燒起來，仍不為所動，繼續膜拜儀式。

「這……」

突發狀況讓天鵝絨一個疏忽，鞋跟撞到了玩具盒，發出「砰」的極大聲響。

儀式戛然而止，取而代之的，是更加壓迫的死寂。

突變驟起，天鵝絨差點無法相信眼前所見。

各種駭人植物無中生有，自椅腳爬竄而上。

毛氈苔的鮮紅細毛微微顫抖，彷彿奪命的小燈籠，引誘著蟲群犧牲。

有著女子下嘴唇與牙齦、臼齒的豬籠草在吟唱輕柔的催眠曲。

周遭較為矮小且布滿肉刺的豬籠草，則跟著燃燒起舞。

眼鏡蛇瓶子草、血鸚鵡瓶子草、地生食蟲鳳梨、比嬰兒還大的捕蠅草、如鰻魚般蠕動的貉藻、負子毛氈苔、硫磺食人草。

紅布掉落。

是個矮小，戴著布滿縫線手套的男子。他厚實的胸膛與粗獷的臂膀烙印著怪物圖案。眼白染成深紅，鼻有鼻環、耳有耳環、舌有舌環、唇有唇環。

他看上去不安好心，嘴角弧度似笑非笑，以細小雙眼來回打量著天鵝絨。

「我們有訪客啦，哈哈哈哈。」他誇張地拍了三下手，那聲音濕潤地令人感到不舒服：「歡迎，歡迎。」

天鵝絨淡定道：「我是來找『無念』的。」

「嘿？」那男性歪龘的舉止，彷彿下秒就會拉長脖子，如鰻魚般將腦袋瓜送到天鵝絨面前：

「我，就是無念。」

「那請告訴我，怎麼召喚出朽葉之神。」

「啊？你該不會以為，我們要召喚朽葉之神吧？」

天鵝絨聞言，皺起眉宇：「否則呢？你們是在玩魔法風雲會，還是龍與地下城的角色扮演嗎？」

矮小男子像是觸電般，將下巴彈回原位：「哇哈哈，搞清楚啊，朋友，朽葉之神很弱小，與那些真正強大，需要繁瑣儀式才能降世的神天差地遠。我告訴你吧，那傢伙一直都聽得到你，只是不想回應你罷了。」

「一直都聽得到，只是不想回應？」

他的意念開始動搖。但很快地，他點起了一根菸，勉強恢復冷靜：「我不相信。還有，你們就算裝神弄鬼，也不過是……」

孰料，主教勃然大怒。好似在咒罵恨之入骨的對象般，指著天鵝絨的鼻尖，惡狠狠道：「再一次將我們的神和那兩個弱小的存在相提並論，我會視作詆毀而扯下你的舌頭。冬日君主和朽葉之神都是乳臭未乾的毛頭，神沒有神的樣子，一個跑去挑釁日本神明被打個半死，一個只會用強大的力量惡作劇。」

冬日君主？天鵝絨頓時困惑不解，但保持一貫沉穩冷靜，吐了一口白霧：「所以你的神會做什麼？命令你滿身刺環，弄得自己像支巨型狼牙棒，搞得活似SM用的情趣玩具？」

主教目眦欲裂，看起來憤怒不已，卻得意地露齒而笑：「你根本不知道自己在說什麼呀？看著這美麗的手套，」他陶醉地吻了發青手背：「這可是貨真價實的人皮，由我可愛的妹妹所貢獻。」

「妹、妹？」天鵝絨一個字一個字吐出：「真叫人噁心。」

無念的主教剎那像是從夢中驚醒，用差點喘不過氣的嗓子道：「少在那邊裝清高了，你葬在森林中的屍體，藏在地下室的女人腿骨又是怎麼一回事？你就是我們的同類啊。」

天鵝絨心中猛然一驚，他嚥了口唾液，瞇小了眼：「他怎麼可能知道？」

他怎麼可能知道天鵝絨的那些祕密。

下一刻，天鵝絨卻因黑暗中的異物震懾地無法言語。

祂的身軀是半透明的，彷彿不具有實體。

光是臉部，就比椅子和主教巨大，穿著無數海蛇交結織成的長袍，有張以各種生物的心臟、鳥爪、人掌、頭骨、盆骨製成的面具，長了鹿角的王冠，插滿嬰兒乾屍。手臂裝飾鯊魚牙齒般的倒鉤。

「這就是你們在召喚的東西？」天鵝絨佯裝不在意，大口吸菸。

祂與他沒有回應，那怪物只是繼續對人類耳語。

他發出得意笑聲後，對天鵝絨說：「你道貌岸然，像是名虔誠的苦行僧，但實際上只是個想藉機滿足噁心慾望的偽君子。」

天鵝絨不甘示弱，將菸蒂彈向魔法陣，但只是散落幾點紅色星火，立刻隱沒在黑暗之中。

「別把我們做的事情混為一談，我是為了滋養朽葉之神的化身，而做出了必要的犧牲，你那又算什麼？為了滿足可悲慾望的殺戮遊戲？」

廢墟中的惡魔忽然單手攫住了主教的頭顱，窸窸窣窣，以氣音呢喃。

他瞪大眼說：「哈哈哈！你那自欺欺人的台詞我真的太佩服了，照你說的，為什麼你不讓金髮女子靠近自己？因為你是真心愛著她吧？」

然而，天鵝絨早調整好了情緒，他冷冷回應：「那些犧牲的靈魂，是光榮聖潔的，她們會在朽葉之神身邊得到補償。」

「哈哈哈，笑死人了，你避開了問題呀，天鵝絨，照你所說的，那你為什麼不願意讓深愛的金髮女子的身軀被蟲吃掉，化為朽葉之神的一部分呀？」

啪！天鵝絨一不小心，過度施力，將打火機的昆蟲外殼應聲捏碎。

「住口。不論你們是什麼，在朽葉之神面前，都弱小得不堪一擊。」

他緊緊握著口袋四分五裂的打火機。

「弱小？笑死人，記得你的童年陰影鬼侏儒母子嗎？我們隨隨便便就能控制祂，易如反掌，」主教恣意地用黑色的食指在空中亂舞，隨興地繪了魔法陣：「那傢伙就和冬日君主一樣，只會耍小聰明。」

然而，最後一刻，嬰兒的手及時阻止了主教。

那是插在王冠鹿角之上的屍體，祂不讓對方完成召喚。

天鵝絨現在才發現那些嬰兒甚至比成年人還壯碩，只是因為與惡魔相比顯得迷你。

「哎呀，好吧，抓住天鵝絨。」

主教一下令，稻草人般靜止許久的信徒們馬上有了反應，他們同時起身，旋轉腳踝，朝著天鵝絨直直走來。

天鵝絨立刻轉身逃跑，卻發現鐵門處早有五、六名信徒在等待。

他們手持皮革剪刀、雕刻刀、多功能剪斷器、工匠槌、半圓皮刀。

「現在是要幫我做一套新西裝了是嗎？」

天鵝絨一個箭步，立刻撂倒手持工匠槌的信徒。他很瘦小又脆弱，奇怪的是，天鵝絨的拳勁彷彿重擊到棉花一般，消失得無影無蹤。

他又膝擊另一名對手的腹部，觸感也像是用指甲彈撥紙片，虛虛幌幌。

當天鵝絨心中暗呼不妙時，一股劇烈疼痛突然襲擊他的後腦勺。

他遭到工匠槌攻擊，身軀倏然疲軟，往前跪了下來，接著，有人用刀具割傷了天鵝絨的腳踝。

他扭動雙肩，在地板匍匐，以朦朧雙眼瞪視狂笑不止的主教。

主教嘲謔道：「你到底要幹嘛啦，哈哈哈。」

大衣下襬因血染成深黑，天鵝絨用盡全力，顫抖地拿出口袋中的昆蟲碎片。

天鵝絨的眼神透漏著絕望與質疑，他咬破嘴唇，將血沫吐在左右都是氣孔的節層腹部：「朽葉之神，我需要你，求求你，回應我的祈禱。」

「唉，沒用啦，沒用啦，那個朽葉之神，本來就不是什麼強大的傢伙。」

主教走下高椅，行經之處盛開惡花。

「天鵝絨，你應該能被轉換成強大的教徒吧。」他伸出手。

那隻手臂，卻突然從關節處被斬斷。

天鵝絨本以為會聽到對方撕心裂肺的咆哮。但他只是悶哼一聲，就倒退回了高椅旁。

在天鵝絨前方，出現身披藤蔓斗篷的紅眼少年。

「你終於來了，朽葉之神……」天鵝絨心滿意足地微笑，又重複囁嚅，你終於來了，接著，便失去意識。

風將駭人的事物吹入了天鵝絨的夢境，在他的耳際叨叨絮語。

「放我出去呀，這裡好冷。」

「住手，拜託，住手好痛……」

「叩叩叩，啄木鳥不會疼，滴、答、滴，叩叩叩。」

「你也聽到那聲音了嗎？」

「我絕對不會報警的，放走我，好不好，拜託。」

「但我只能死一次呀，死了你怎麼辦？」

「我不要啊，我就不要給蟲子吃掉，要吃也是你吃了我。」

當天鵝絨再次睜眼時，他處於一間巨大的溫室，大衣突而顯得燥熱不堪，傷口竟然都結痂癒合了。

「剛剛的風，是從哪裡而來的？」

天鵝絨臥於花海，上空繚繞著繽紛群蝶。

他歪歪斜斜地站起，見到自己的衣物汙穢不堪，天鵝絨不悅地吁了口氣，心想，若這裡就是朽葉之神所說的來世，該不會，他就得永遠維持這副狼狽的模樣。

他走出花圃，徘徊在磚瓦小道。不時有水霧與輕煙從透明環頂灑落。

天鵝絨停下步伐，深呼吸一口氣，頃刻，狂喜盈滿了他的身軀。

「成功了！終於啊，原來全都是真的。」

他不禁落下了淚水。

「我們自由了！」

「我好開心，好開心，你來了。」

「叩叩叩，啄木鳥敲門了。」

「好……好，我有好多好多好多話想對你說。」

「親愛的，我沒有騙你，真的，我沒有騙你。」

「終於呀，再也不用分開了。」

「換我了。」

天鵝絨只聽聞聲響，卻不見人影。

他警戒地左顧右盼，恐懼自腳底一路竄上脊椎。

「是妳們嗎？」

「別怕。」

朽葉之神愜意地從路的盡頭走來，現在，祂的外貌是名長髮的年輕男性。

「野獸紳士與他的七個幽靈新娘，哈，你們真有趣，像藝術品一樣美麗。」

天鵝絨低下頭，謙卑道：「我的神，這裡就是你承諾的天堂嗎？」

「天堂？」朽葉之神蠻不在乎道：「什麼天堂，我從來沒承諾過你這種東西，算啦，即使有，你也當作沒聽見吧。」

聞言，天鵝絨難以置信地瞪大眼：「什麼意思？」

「你要在這裡待上千年，守護我的寶物。」

面具自朽葉之神的手掌憑空出現，漂浮在空中。

那是張沒有五官的縫線面具，左右兩邊伸出鐵刺，看起來會直接插進耳膜。在頂處則有純白樹枝編織成的罩布，一路向後延伸，長度直達後頸。

「這是什麼？」

「這聖物能夠穿梭於現實與異域，甚至回溯時間。」

面具宛若擁有自我意識的軟體動物，蠕動至了天鵝絨前方。

「為什麼會交給我保管？」

朽葉之神笑了，好似孩童問了天真的問題：「你已經證明了自己是虔誠的教徒，我也會如願報以補償。你希望我這麼說？」

天鵝絨眉宇深鎖，困惑地盯著手上的面具。

「騙你的，只要你膽敢違抗我，這些新娘就會追逐你直到末日。除非你殺光我們，但那是不可能的。」

「我留在這裡會怎麼樣？」

「那不關我的事情，她們想要對你怎麼樣，就看你個人造化。」

「我得在這裡待上多久？」

「永遠。」

「我不是受你眷愛的信徒嗎？」

朽葉之神搖搖頭，以舌頭舔了嘴角：「所以你要替我守護著面具。」

天鵝絨細瞧那面具，冷然道：「為什麼是我。」

「堅毅、固執、強悍，沒有人比你更適合了。適合當守衛，神的看門狗。」

「神的看門狗？」

天鵝絨這才幡然醒悟，原來朽葉之神一直欺騙著自己。

祂只是基於有趣而多關注了一會兒。好似宅子主人隨手替花朵灌溉，而花朵竟愛上對方那般癡昧。

痛苦的情緒佔據了天鵝絨的思緒。整整一分鐘的緘默，宛如渡過了四季與日夜。

好不容易，他才神色落寞，像是失去信念的傳道士般開口：「我要離開這裡。」

「我剛剛是怎麼說來著，除非你殺光我們全部，否則，你的新娘們會獵捕你到世界的盡頭。」

朽葉之神的話都還未訴盡，無數黑影就朝兩人爬來，虎視眈眈地逡巡在周圍。

「那我只好殺光你們全部了。」

天鵝絨舉起手指，憑藉記憶，重現了「無念」主教的魔法陣。

「什麼？」

空間被撕裂了一道裂縫。惡臭與冰氣立刻驅散了熱度。

嘶嘶嘶！

一對屍白的眼眸瞪向兩人，然後是掛著肉靡的嘴角，蠢蠢欲動的鬼侏儒母子，隨著裂痕越撐越大，祂們的神色越加亢奮。

祂們開始拍打空間，彷彿在催促召喚之門開啟的速度。

「你……」

「再見了。」

天鵝絨戴上面具，消失在溫室之中。

只留下朽葉之神與新娘們，還有侏儒鬼母子。

四、AT

她離開玻璃窗旁，逆著日光，赤腳朝我走來。

「老師，請坐，我們開始吧。」

「好。」我拉出高背椅，從提袋中拿出筆記本。

她的步伐優雅，長髮和裙襬飄逸，順著肩與臂輕輕流盪。而那薄紗下的纖細胴體，則隨著婀娜婆娑的姿態，若隱若現。

跫音輕巧細緻。

那對美麗的雙足。無垢無暇，白皙地不似人間之物，彷彿所經之處都會漫出鮮花嫩草。

「勞煩老師您了，還特地來這一趟。」她輕輕收斂下巴，十指撫摸著桃心木桌面。

我掃視過她乾淨的指甲，露出淺淺一笑：「不會，我才要感謝妳願意撥空見我，坦白說，見到本人嚇了一跳。」

她語氣緩慢平和，讀不出情緒：「老師的意思，是指我比想像中年輕嗎？」

我趕忙辯解：「是吧，不過請別誤會，我並沒有什麼偏見，只是單純的感到詫異罷了。」

「沒關係，這反應我司空見慣了。」

她叫做紫水堇，是這座山莊的主人，繼承著平凡人望塵莫及的家族企業。也是出了極高價錢委託我尋找聖物的雇主。

紫水堇的五官別緻，有著惹人憐愛的酒窩以及虎牙，卻總挾帶股深沉的肅穆與幽怨。

不過，縱然她神色冷漠，有著睥睨眾生的眼神，但氣質與舉止卻有股說不出的協調美麗。

我把她的名字記在紙上，並附註日期。

紫水堇將頭髮後綰，露出瓷器般的耳朵，瞧著筆記本看的樣子，恍如一尊大理石像典雅詩意。

唯獨要說格格不入的部分，便是她的脖子戴著布滿骨釘的黑色皮頸圈，雙臂還有著滿滿的鮮紅爪痕。

她從抽屜中拿出兩個玻璃杯與威士忌。我眨眨眼，有點意外，她直接在兩個杯中斟了半指高的琥珀液體，優雅地推到我的面前。

「但恕我直言，老師您認為這真的是必要的嗎？」

紫水堇的用辭雖然客氣，但我能從她如貓般瞇小雙眼的模樣，感受到她的抗拒與不信任。

「是，雖然妳可能不清楚關聯性，但知道越多，越能幫助我找到妳想要找的東西。」

「好吧，請容許我思索片刻，該從哪裡敘述這個故事。」

「嗯，不急。」我舉杯嗅了嗅，猜想這酒的味道應該極好，但又再次放下。

看著陷入思考的紫水堇，我驀然想到依蘭，我年輕的妻子，她和她歲數相仿。而這間宅邸的裝潢，交界於古典、現代，東方、西方。也同時讓我聯想到刺脊山莊，但絕對不可能是那裡。

我握緊口袋的憎厭匕首，從刺脊山莊逃脫以後，數個月來，我越來越熟悉它的使用方式。

我將注意力拉回紫水堇，她欲言又止，小心謹慎地思考著。我強行壓抑懸宕在心頭的那股不安感。沒想到，當我凝視著眼前的女子，一恍神便再次躍進了回憶。

「轉化前」的依蘭虔誠信仰著所有神祇，這點令我深感困惑。

我曾一度詢問，依蘭卻說，她的爸爸總再三叮嚀：「千萬要對神明保持著敬畏之心，因為祂們遠比我們，還有那些新生的入侵者要偉大、強壯許多。更重要的是，祂們超乎人類所想像的慈悲，也超乎人類所想像的殘暴。」

所以，每日清晨，依蘭都得實行繁瑣的祭拜工作。

山楂樹枝獻給卡爾娜。將野豬獠牙獻祭給阿蒂蜜斯。對時間女神和月亮的隨從碧爾獻禮。用十九盞不滅火焰來祭祀布莉姬。擦乾淨安努的寶座。用木雕的公馬、公牛、公羊供奉給阿娜希塔。獻給黑體鹿皮、玉米、鳥羽。栽種翡翠淑女的睡蓮。讚美巴爾哈達特與阿娜特。為周末男爵的酒杯裝滿萊姆酒。

我曾經莫名萌生過傷害她的念頭，但隔了那麼久，我才終於理解，自己並不想要傷害她，她變成這樣，一點都不是我所樂見，甚至，說不定正是因為我曾有過這般想法，才會招來如此悲戚的厄運。

依蘭的房間收藏不少古文明遺物。然而，在紫水堇的書房，只有無數對弈到一半的棋局。而那些棋子，每個皆作工精緻且材質昂貴。

我甩開紊亂且不必要的思緒，主動對紫水堇道：「妳要訴說的故事是關於誰？」

「我的兄長。」她拉出了椅子坐下。

「那他是怎麼形容妳的，或者，妳是怎麼形容他的？」

一瞬間，我難以讀出她眼神閃過的光芒，是憂傷？質疑？動搖？困惑？不信任？

不過，她立即收斂了表情，回復一貫冰冷：「在腦袋隨時都會有著紛亂雜音，但這反而讓思緒變得更加敏銳，更加清晰，因為，這樣才能看見真正重要的事物。不過，多半時候，還是選擇保持沉默。」

我不太理解，這段話是兄妹兩人，誰對於誰的看法，但沒有打算多加追問。老實說，我……沒有非常關心，比起個人隱私，我更在乎的是會不會因為她愚蠢地想要利用我，而導致難以挽回的惡果。

「他和妳的關係如何？」

紫水堇又在杯中注入了更多威士忌，仰頭飲盡，彷彿那是某種專門用來支持機械人偶行動的燃料。

那對美麗的眼眸因為醺醉而獲得了人性。

我察覺得到，她終究是個孩子。

「我恨透了他。」她說。

「原來如此，那請問妳哥哥發生了什麼事情？」

她瞥了我一眼：「自殺了，現在大概在地獄吧。」

我見過那樣的眼神，銳利、憂傷、疼痛，雖然渴望隱瞞，卻時時刻刻暗示著，求救般詢問著，有些人曾經讓你痛徹心扉，可是你仍無法自拔地深愛著他，該如何是好？

她見我滴酒未沾，取回了玻璃杯一飲而盡。

我寫下哥哥兩字，平靜問：「請問他為什麼自殺？」

「兄長他，失去了所有家人……先是妻子，在女兒五歲時，那女人有了婚外情，某天就忽然消失了。據說對方是個記者，八九不離十是私奔了吧。」她淡然道：「我想不透那種人竟然會覺得自己有資格背叛我們家族。」

「原本家業是由哥哥繼承嗎？」

「重要嗎？總之現在這些是屬於我的。」

不出所料，她只是企業的政權傀儡。我放軟語氣：「抱歉，我並沒有惡意。」

「總之，在兄長的妻子離奇消失後，他傷心欲絕，終日鬱鬱寡歡。」

「可以想像。」

她喝了更多酒，我想像那口感，一股酥麻，滑進咽喉時，如毛巾揉撫過的觸感滑。

「但壓倒兄長的最後一根稻草，是他的女兒，我的姪女在某天突然消失。這將他逼入了理智混亂的絕境。」

「消失？」

「照兄長的說辭，她是被存在於黑暗中那些恐怖怪物帶走的，祂們擁有人形，行動快速。」我的腦中立即閃過幾個選項：「這就是將令兄逼至癲狂的原因嗎？」

難得地，我首次在紫水僅眼中看到了鄙夷，但她瞬間壓抑了下來：「他只是崩潰了，並不是個瘋子，但確實，從那日開始，他就常語無倫次，生活陷入混亂，我們的企業也一度面臨巨大危機。」

若是我沒記錯，紫水堇的家族企業研發出了一種技術，能精準研判腦波訊息，並進而發展出腦機介面。

「兄長常嚷嚷，自己看到妻子回來了，全身被蟲子啃食，漂浮在房間，哭喊著好冷好冷。最後，他自殺了，獨留我一個人在這裡。」

我淡淡道：「所以希望我尋找聖物，來解答妳姪女的去處？」

「不是的，早在委託老師之前，我已經派過不少人打聽。」她倏然起身，再次朝落地窗行去：「並得知了『內側舞台』的存在，嘗試要進入那裡。」

「關於內側舞台，妳知道些什麼。」

「老師又知道多少呢？為什麼要這樣問。」

「我只是想……確保你們家族沒對它們擁有錯誤的認知。」

她轉過頭冷笑：「我沒說這是個人還是家族行為。不過，老師，請給我一個價格吧，告訴我關於內側舞台的資訊。」

她出乎我意料沉著。

我想，但是若要獲取彼此信任，看來勢必得給予對等交流。

「我不需要錢。」我嚥了口唾液：「作為交換條件，希望妳也將來龍去脈說清楚，在資訊對等的情況下，我才不至於誤判局勢。」

「也好。」

「內側舞台，傳言存在於亞空間，也有人認為存在於網際網路之中，只要開啟，就會強迫肉體與意識剝離，並且將意識傳輸到儲存滿知識的圖書館。

可以讀取『現世』禁忌以及少部分屬於地球以外神明的知識。但同時，若是進入了「內側舞台」過久，那人的軀體將很有可能被「菌類居民」取代。」

她直視著我，愜意、滿足道：「與我得知的差不多。」

從紫水堇的反應，我猜想自己大概被擺了一道，但並不為此生氣。

「所以，妳僱用人進入了內側舞台？」

紫水堇又一次走向我，動作雷同地像是回放稍早的電影片段：「是。我請了號稱當今最有名的超自然偵探，強尼兄弟的弟弟，進入內側舞台，很可惜他的能力最多也不過只能待上數分鐘，好不容易呀，他從那裡探詢到帶走我兄長女兒的，是種名為AT的不明存在，至於那是什麼、為何這樣做，無人知其緣由。但也可以召喚與控制祂們，只需要擁有百合聖環。」

果不其然，是AT呀……小孩會被祂們帶走的話，代表著紫水堇的哥哥，大概曾經對自己的女兒暴力虐待。

但我選擇緘默。

祂們總身穿破爛連身長裙，頭罩麻布袋，用紅色緞帶在咽喉處綁上蝴蝶結，可以隱約看見左邊有三個眼窩，右邊一個，皆閃爍著猩紅之光，滿是自殘刀疤的手臂長過膝蓋，雙腳有疑似曾遭鐵鍊纏繞的瘀痕，小腿插滿鏽掉的鐵釘和刀片。

祂的速度極快，可以穿梭攀爬狹小的甬道或者通風口，似乎一直在尋找某樣事物。對小孩異常溫柔，有人目擊祂曾經為了保護小孩被掉落的鋼琴砸傷。喜歡吃冰箱壞掉的食物，還有強暴犯下顎以外的臉頰部分。

但我選擇緘默。

「但是，線索到此為止，一位自稱『墨浪夫人』的女士找上了我，願意提供百合聖環，作為交換，則是要我派人再次進入內側舞台，尋找名為『黑彌撒聖者』的下落。同時，強尼兄弟的弟弟說他很缺錢，願意再次接下這任務。」

連墨浪夫人都出現了呀……還有冬日君主、朽葉之神，接下來勢必會有一場腥風血雨。

紫水堇瞥了我一眼，繼續平靜道：「於是，這次他找來了雙胞胎哥哥，協助我進入內側舞台。」

他們直接選在強尼兄弟的事務所，一間不起眼的出租公寓。處處壁癌，衛浴設備骯髒，總是散發著冷凍微波食品的氣味。

連招待用咖啡都是三合一的，紫水堇甚至沒有觸碰杯子，就放任其在桌面變涼。

「就這次啦。拜託啦。」

弟弟起身拉住準備奪門而出的哥哥。

他們雙胞胎兄弟長得並不像，一個髮型彷彿亂沾顏料的刷筆，另外一個則根本是無家可歸的流浪漢，蓄鬍長髮，紫水堇心想，共通點大概只有都給人一股庸俗的地痞感。而且都穿著材質糟透的廉價皮衣。

哥哥不信任地睨了端正坐在沙發的紫水堇，停了幾秒，才裝模作用地用手指著她的鼻子：「嘖，要不是妳的錢真的夠多，就算逼我把頭切下來，要我去幹這種勾當都沒門。」

「冷靜點啦，不過就跳進去，翻翻東西，然後跳出來。」弟弟打了個響指：「輕輕鬆鬆，就賺了幾百萬。」

「哼，這女人敢搞花樣，我絕對不會輕易放過她。」

「沒─事─啦！」弟弟輕浮地拉長語調。

「不行不行，我要再多加兩成。」

「別別別，太過分了太過分了。」他卻不時偷瞄著紫水堇。

紫水堇只是冷眼旁觀，毫不著急，毫不在乎。反正，這樣的人多得是。她只想迅速結束這場蹩腳爛戲。

「我可以多付五成。」

兩人的態度瞬間變了個樣。相視一笑後，用最快速度將事務所清空，只留了一張沙發給紫水堇。

他們拉出超市的購物推車。裡頭擺滿琳瑯滿目的奇怪雜物。有的放在塑膠袋夾鏈袋，有的裝在珠寶盒。

哥哥將黑公雞的眼珠、心臟、舌頭取出，磨成粉灑於羊皮紙上。

弟弟拿著羔羊皮繩圍成魔法圈，用孩童棺木的封棺釘固定，最後，用雞血石劃出三角形。

在火缽加入石炭、白蘭地、樟腦、羊皮紙。點燃後，再讓蠟燭接過火焰。

弟弟盤腿坐於法陣中央，哥哥則不斷揮舞冒煙的金色墜鈴。

「東方是瑪國亞……南方是埃及姆……西方是派蒙……北方是亞邁蒙……北方是亞邁蒙……西方是派蒙……南方是埃及姆……東方是瑪國亞……」

剛開始，與上次的召喚狀況無太大差異。

在數十遍的重複吟誦後，無論是聲音還是魔法陣內的物品，逐漸出現殘像。

人群細細低喃。如回音交疊，正轉、倒轉、變形、慢速、加速。

火焰化為液體自杯緣流淌，一路落地，掩蓋住了符紋。

突然，中央的瞑目打坐者四肢開始不正常扭曲。

『訶婆娑，利迦，多枳。』『楉伽伽膩彌伽。』

「情況不太對勁。」

『內時內輪外時外輪別時別輪雅熱瓦拉瑪庫克舍翰？』『丹羽邐鼠烏夫戠、炁磀蹽砵。』

「老弟你快停下來！」

『黑、黑彌撒、黑。』『然弦惘十已五時端當無是瑟只錦。』『騙、騙、子。』

但為時已晚——

強尼兄弟的弟弟忽然放聲尖叫，肌肉瘋狂抽動，骨頭應聲而裂，張大陰暗茫然的雙眼瞪視著上方。

「撐著點呀！」

哥哥試圖幫助弟弟，但一觸碰到對方肌膚，掌心頓時像被滾水燙傷的豬肉，脫了層表皮，顯露底下熟透的乳白組織，他吃痛抱住傷口。

而他可憐的胞弟，則悲嚎出：「冬、日，君主……。」便燒毀雙眼而死。

手臂浮現一排刀雕的神祕文字。

紫水堇抿緊嘴唇，見到這悲慘死狀而倒抽了一口氣，但迅即，便壓抑胃內翻騰的作嘔感，將上身竭力前傾，想要看清內容。

空氣充斥著熱霧。

嘎吱。

公寓入口的喇叭鎖從外部被扭轉。

強尼與紫水堇嚇得僵住一秒，緩緩轉頭。

事務所走入了一名女子。

她短髮烏黑，戴了材質柔軟的淑女帽與墨鏡。肌膚蒼白得彷彿一具屍體，嘴唇與指甲則都塗成了黑色，年紀大約落在三十五歲左右，穿了收束腰部的蕾絲禮服與黑高跟鞋，抽著黑木製成的細菸斗，手提單肩小方包。

她將頭抬得很高，散發出無比的傲慢。全身僅有黑白兩色，宛如一張只用炭筆所繪的素描畫。唯一的色彩，是豐滿胸脯正央的殷紅水晶。

「是妳，墨浪夫人。」紫水堇說。

墨浪夫人只是報以優雅微笑，對紫水堇眨了眼，她款步走至哭泣的強尼旁，無視悲慟的胞兄，用菸斗托起了屍體的前手臂，閱讀著那染滿鮮血、文字一般的傷痕。

她又躊躇了一會兒，才露出得意笑容，悠然起身，來到沙發旁，從女用提包拿出黑色項圈。

「這就是，百合聖環？」紫水堇接過之後，細細端詳，看來和普通裝飾品沒有太大差異，等距的嶄新鉚釘，讓紫水堇聯想到歌德式搖滾的特殊穿著。

墨浪夫人點點頭，神色竟有幾分慈愛。她又伸出雙手，將項圈繫於紫水堇脖頸，並在她耳畔溫柔微聲。

那刻，紫水堇的心臟怦怦直跳，好像遭人掐住咽喉，肺部填滿湖水。

墨浪夫人慢慢地往後退去，只看了強尼短短一眼，便冷靜漠然地準備離開公寓。

直到他以哭音咆哮：「站住！」那撕心裂肺的呼喊，才讓紫水堇從出神的狀態驚醒。

「我的弟弟會死，都是妳這渾蛋欺騙他！」

墨浪夫人完全沒有減緩速度。

強尼掏出手槍，直接連扣了三次扳機。

一槍對準心臟，一槍對準後腦杓，一槍對準腎臟。

每一發都扎實地射中了墨浪夫人。

她流血了。

姿態卻依舊屹立不搖，莊重、高雅得無懈可擊。

墨浪夫人輕快轉身，微笑如沐春風，紫水堇卻本能性感受到恐懼，寒毛直豎，無法使喚喉嚨。

「呵。」

是輕蔑的笑聲。

然後，一陣劇烈地震。粉塵直落，閃電狀的裂痕撕裂了牆壁。

紫水堇不敢輕舉妄動，緊緊靠著沙發。

毫無預警的，墨浪夫人的胸脯與腹部猛然以十字裂開，彷彿四瓣紫羅蘭盛綻，而鑲在兩根鎖骨間的紅寶石，則宛如鮟鱇魚的釣竿誘餌，前後晃蕩。

一隻頭部是六角形的生物從墨浪夫人體內探出。牠外皮蒼灰如粗糙鯊魚皮，每個頂點都有冷藍色的巨碩複眼。顎部伸出十六隻輻射散開的螳螂前臂。

墨浪夫人在無比淒厲的哀號中，享用了強尼兄弟。

在紫水堇向我訴說這些故事的期間，我都只顧專注諦聽。

「從那之後啊，只要獨自處於黑暗中，我就會有探訪者。是那對雙胞胎，他們一正一反，天靈蓋相黏。倒立的那個雙眼處被燒毀，雙腳拱在胸前，雙掌遮住哥哥雙眼。而哥哥的下巴消失了，舌頭一路拖地，末端被斬斷。」

我聚精會神聽著，但並不同情：「所以，這次妳打算委託我尋找別的聖物趕走祂們嗎？」

「不，我很清楚，祂們會一直糾纏著我，永世不得安寧。」

她咬著指甲，微微顫抖。

永遠糾纏嗎……我又想到自己年輕的妻子。

「妳要怎麼趕走祂們？」

「當祂們靠近我時，我會呼喚ＡＴ，祂們就會替我趕走那對雙胞胎的亡魂。」

「所以妳需要的不是這個，而顯然ＡＴ們也無法照妳指令帶回姪女，那妳究竟想要什麼？」

「我有些事情要詢問。」

「如果妳是想要不老不死，以為這樣就可以免受地獄的審判，以及那些追魂猛鬼的復仇，我勸妳還是放棄吧。」

「你不懂的……不過，我確實不想在地獄看見自己的家人。」

我打量紫水堇，再次覺得，她終究不過是個孩子。

「妳想要和姪女不老不死地躲到世界末日嗎？」我說。

她卻答非所問：「我沒有孩子，她就像是我的女兒一般，我深愛過自己的兄長，也引以為傲我們的家族，即便他們對我做了很多不可饒恕之事。而現在，她是我唯一的家人，我需要找回她。」

「我覺得希望渺茫。」我不加修飾言辭，直白道。

「她還活在某處，我能感受得到，就像我感受得到兄長與大嫂，都已經在地獄等待我團聚。」

「雖然是我多嘴，但與其思考這些，妳更應該多替自己著想。甚至說不定以後能建立自己的家庭吧。」

紫水菫只是閉上眼，很輕，很輕地搖搖頭。

然後，突然其來撩起裙擺，露出樸素的內褲，以及——

我難以置信地瞪眼。

小腹附近，有道極細疤痕，看來是蟹足腫留下的後遺症。

「老師知道我是怎麼找到你的嗎？墨浪夫人強行取走了我的子宮，說我會在您身上找回補償的。」

「在我身上找回補償？」

我無法理解墨浪夫人的意思，但毋庸置疑，祂們的目標是我。

「我想要取消這次委託。」我說。

紫水堇的視線越過我，注視著後方：「老師，為時已晚，祂們盯上你了。」

我順著紫水堇的視線望去。門口的詭異黑影，令我毛骨悚然。

五、多腦蜘蛛

冬青有著兩個重要的祕密。

每日早晨，她梳洗後的第一件事情，便是確認樓下的信箱與電子郵件匣，是否有了來自出版社的回聲。

這是她的夢想，希望能看見自己的詩集《紙鶴與底棲魚》出版。

但好多年了，總是石沉大海。

除此之外，她最喜歡的作家是安息香。冬青總覺得，自己簡直就是安息香筆下的角色，那些共感，那些對談，真不可思議，彷彿能看見角色們栩栩如生的神情真實地浮現在眼前。

而另外一個重要的祕密，則是冬青很喜歡用金屬鹽種植化學草。

在書桌前，放置水缸，灑落寶石和翡翠，接著，倒上金屬鹽，就會看到水中出現如樹木枝椏般延展的化學森林。

再放置一組試管架。分別放入硫酸銅、硫酸鋁、氯化鈷、氯化鎳。即會產生淺藍綠、純白、藏青、藍綠的化學草。

但這些溶液，只要玻璃試管碎裂，彼此混和後，就會成為連黃金都可以溶解的王水。冬青有時會帶在身上以備不時之需。
不過，她的心靈如此璀璨，外表卻有著極大反差。
冬青裝扮樸素，有著小巧五官，目測二十來歲。短髮齊耳，分不太清楚是漂染還是天生使然的色澤，透著好看的淺褐，但尾端常會亂翹。
冬青習慣縮著肩背，將雙手藏在口袋。有著普通眼鏡與各式風格的帽子，不喜歡穿著會勾勒出身材的服裝。然而，雖然她的衣裝簡約，卻意外地，會特地佩戴耳環、項鍊，手機吊飾等等小物。
低調的她帶著款式內斂的裝飾品，不仔細注意到就會被忽略。注意到的人，也成功轉移了對她外貌的興趣。
要冬青成為一名平凡人，實際上耗盡了她的心思。
冬青之所以這麼做，都是為了掩飾從童年開始，自己就不斷出現的怪異現象。
像是熟睡時，會不自覺行走於天花板，或者無意識地吃掉小動物。
而她的工作，也如外表與內在成為極端二分。
平時，她在二手書店兼職，工作內容就是結帳、整理書籍、手沖咖啡，無人時，就自己細細品味閱讀，寫幾行詩。
但私底下，卻累積了一小筆儲蓄，她靠觀察財經名嘴與金融走向的方式投資股票，獲得被動收入。

通常，像這樣的股市分析師都藉由慫恿觀眾投資，而令股票短期飆漲，並且炒作之後，再趁機出清持股。

而她總是能從那些人的眼神中，預感到他們將何時出清。早一步賣出那些被名嘴炒作，即將要崩盤的昂貴股份。

但是，她也有失敗的時候。上個月的誤判，賠光了她所有積蓄。導致現在的冬青，只剩下基本的生活費用。

這也迫使她不得不搬離本來的住所，現在，她只能選離市區有段距離的老舊公寓，以便宜的租金換取勉強的落腳之處。

她拆開裝有行李的紙箱時，痛苦記憶不禁湧上。

冬青仍是個孩子時，就已經習慣於眾多寄養家庭間輾轉流離。

人們厭惡與懼怕她。

她總能精準地說出他們死去的親人模樣，不僅如此，那些亡者生前的祕密、憎恨對象，都會毫無保留地被冬青一一公諸於世。無論是罪行、姦情、謊言。

但冬青卻無法拒絕，因為那些憂傷的靈魂，渴望對深愛之人告解。

她不懂愛，卻能感受到這有多麼重要。

而她的靈魂在電影與文學中，得到了撫慰。

「這世界上最偉大的事情，即是，愛人與被愛。」

「有些人，一分鐘便活過了一生。」

「恨是愚蠢的，而愛，則是明智的。」

房東只提供一面桌、一榻床、一張椅，還有一個衣櫃。但這樣就夠了，她將衣物、書籍、唱片，全部放進高腳櫥中。然後，像是展示財寶般，將化學花整齊排在書桌。

她苦笑，頗有種肥皂劇中一籌莫展的鄉巴佬女主角感覺。

有股濃郁霉味，她考慮要不要點薰香，廁所也有許多水垢得清理，這些都讓冬青厭煩無比。

咚。

門外長廊忽而傳來聲響，嚇了冬青一大跳。

「這棟屋子……是有小孩子嗎？」

她躡手躡腳靠近入口，心中忐忑不安。

咚、咚、咚。

有點像是皮球聲。

「哈囉？」

對方似乎在回應冬青的善意，更加激動地發出咚！咚！咚！聲響。

「是附近的小朋友嗎？」她邊伸向門鎖絞鍊，邊溫柔詢問。

咚、咚、咚、咚、咚、咚、嘻、嘻、咚、咚。

冬青停下動作，倏然屏住呼吸，慢慢後退。

她發覺到怪異之處——聲音是由上方所發出，那就像是有人違抗地心引力，上下顛倒拍著皮球，不然，就是有超高的生物用頭頂撞擊著天花板。

剛剛還夾雜小孩的笑聲。

不論是哪一個答案，冬青都不樂見。

她想像在門的另一端，有無限惆鬱的陰影，其中潛伏著各種恐怖的事物。

冬青深呼吸，縱然對魑魅魍魎習以為常，但她還是非常排斥見到那些樣貌詭譎的超自然存在。

她盡可能不要發出任何聲響回到桌旁，伸長手臂，取走了幾支裝有化學之花的試管。

「沒動靜了嗎？」

冬青稍稍鬆口氣時，卻又立即被嚇得尖叫出聲。

明明有上鎖，大門還是開了條縫隙。

密密麻麻的人臉正直直盯著冬青。

她反射性怒吼，往前奔了兩步，扔出手中的金屬鹽與硫酸，玻璃應聲而碎，插進混濁的灰瞳孔，同時，那些液體也產生了化學反應，腐蝕掉了怪物的血肉。

祂尖聲大叫，像隻遭受掠食者突襲的沙底章魚，「咻」一聲，脫逃得無影無蹤。

她立刻將門闔上：「那個……是什麼啊？」

冬青把書桌移到門前，並將身邊擁有的一切重物疊至上頭。

睡前在床頭放了剪刀與化學花，以及自己詩集的手稿。

那夜，她又犯了兒時的怪異夢遊症，無意識地行走在天花板。

嗶、嗶、嗶。

翌日，連續電鈴聲吵醒了冬青。

她發現自己睡在敞開的窗旁，僅穿內衣的上半身延宕在風中，背上的銘文刺青被陽光曬得紅通發熱。冬青隨手抓了襯衫，胡亂扣好鈕扣，稍微舒展身軀，才打著呵欠走去應門。

「嗨。」

「嗨。」

是位與她年紀相仿的女子，上了全妝，顴骨很高，有對招風耳和厚實的下巴，綁著類似沖天炮的馬尾。

冬青快速掃視她的打扮，廉價卡通手錶、廉價耳環、廉價項鍊、穿盜版的名牌夾克。她第一印象，便覺得這女生屬於與自己截然不同世界的人，就算年紀相仿，對方也只是個過了太多次生日，被強迫偽裝成大人的孩子，主動想要討好團體裡每個人，老是害怕沉默，彷彿氣氛冷卻都是她的錯誤。

但這不代表冬青無法與她好好相處。

「早呀，我是住在妳正下方的鄰居。」陌生女子道。

「妳好！請問有什麼事情嗎？」

「老實說是這樣啦，妳是不是個演員呀？」

「演員？」冬青困惑歪頭：「不是耶，為什麼這樣問呢？」

她難為情一笑，盯著冬青腳旁的地板處：「是這樣啦，昨天大概凌晨兩、三點，樓下可以聽到妳在激動的詠唱詩句，還有用力踩踩踩。」

「唔。抱歉，大概是我在夢遊吧，夢遊的時候我才會跳上跳下的。」冬青瞥了眼地板，忽然發現已經被清理乾淨。「我夢遊時都會做奇怪的事情，之前還吃了小動物。」

對方轉了兩圈眼珠子，興致勃勃說：「好酷哦，我最喜歡那些超自然，怪異的事情了，我能不能和妳聊聊哇！」

冬青快速思索今日行程：空，也罷，有機會多和鄰居彼此照應也不是件壞事。

「好呀，等我一下哦，我換件衣服。」

「好哩。」

冬青套上牛仔褲，因為沒太多時間打理亂翹的短髮，只好隨意抓頂貝雷帽戴上，並迅速地抹了護唇膏。

她們下樓，挑中一間便宜的早午餐店。

冬青點了白咖啡與煎餅，而對方則點了包含培根，肉腸，黑布丁，蘑菇，蛋，吐司，茄汁焗豆，番茄的全套傳統英式早餐。

由於這位新朋友眉毛畫得很失敗，又總是嘰嘰喳喳講個不停，冬青擅自在心中幫她取了「畫眉鳥」這個綽號。

「我和妳說唷，我們系上有個快要退休的老教授，常常上課到一半，忘記自己要說些什麼，有次啊，他好像要說「當時的描述」吧？總之，說到一半定住了，全班差點爆笑，妳就想想那畫面，一個德高望重的教授，忽然上課時，仰天咆哮：『喵』！哈哈哈，笑死了。」

冬青終於忍不住打岔，因為昨日那些怪異現象一直盤踞在她的腦中，揮之不去：「話說，自從住到這間公寓後，妳有遇過什麼奇怪的事情嗎？」

「妳說敲門聲？」

冬青立刻豎直腰桿，放下咖啡杯：「妳知道？」

「算是吧，妳看看喔。」畫眉鳥拿出粉紅骷髏頭外殼的手機，滑了幾下螢幕，開始播放影片。

有幾部監視攝影機拍到的影像。

標題是「多腦蜘蛛」。

大概差不多都是八顆頭顱，由腰椎串成主軀幹，單一頭顱後方都有極長手臂或腿部支撐，實質上，動作時會有幾秒分離，能看得出來並非單一個體。

「對，是這個。」冬青扶著自己下巴觀察。

「這個喔，祂們喜歡潛伏在門後，聽說有些還會發出優美的小提琴聲，也可能是皮球聲啦，反正就是要吸引受害者注意，當有人毫無防備敞開門，看到多腦蜘蛛錯愕尖叫的同時，祂們就會順勢啃掉對方臉部。」

冬青暗自捏了一把冷汗。

「傳聞有個避免方法，在開門前，先敲三下，大喊：『我知道你在那裡哦！』就可以避免多腦蜘蛛，但有一定機率會引來其他東西。」

「原來如此，妳真厲害，為什麼那麼了解？」

畫眉鳥舔舔嘴角，一口氣吞下了半個黑布丁：「因為我是『異想巢穴』的超級大粉絲呀！我現在就在他們頁面！」

冬青聽過那名字，印象中是個擁有極高流量的網站，專門蒐集都市傳說、不可思議生物的第一手目擊影片。至於，現在還有沒有持續更新，冬青實在沒有頭緒。

「欸剛好，妳看，他們最近在十萬徵求第一手影片耶！」

「什麼？」冬青將臉湊了過去，但其實根本看不清楚那顛倒的小小說明。

「即日起，快投稿給『異想巢穴』第一手最辛辣吸睛的靈異影片吧，若是獲得獨家採用，就可以獲得十萬元！十萬！」

冬青確實需要錢。

「怎樣，要不要和我聯手，去看看能不能在這公寓拍到什麼恐怖的玩意兒？錢錢對分？」

畫眉鳥亢奮地揮舞手機，骯髒的兔玩偶吊飾差點被甩進她的咖啡中。

冬青猶豫數秒，才點點頭說：「好吧。」

她沒說出口，自己從小遇到的超自然現象已經夠多了，根本就不差這次。

週五，冬青與畫眉鳥約在午夜十二點碰面。

那天是十三號。

下午她才剛從圖書館回來，借了江戶川亂步的小說。只脫了帽子，便坐在書桌前，入神地閱讀到現在。

連續鈴聲響起，冬青了嚇一大跳，才猛然將意識拉回現實世界，她放下書本，不禁咒罵兩句。

她嘟囔道：「十二點了？」

畫眉鳥笑咪咪地站在走廊，她拿著影印圖，兩支手電筒，揹著牛皮白束口袋，雖然這次她沒有上妝，但冬青還是決定繼續用畫眉鳥稱呼她。

「要出發了嗎？」

「啊，等我幾分鐘，我才剛回來，需要準備一下。」她心虛地將書本藏到身後。

「不用準備啦！」畫眉鳥晃動手上的建築物俯視圖，得意洋洋說：「我早就已經先做過統計啦，這幾個地方是其他鄰居說比較容易鬧鬼的地方。」

「那妳有準備攝影機嗎？我沒有。」

「我也沒有。」畫眉鳥俏皮地眨了單眼：「不過，我們要用手機拍。」

「手機？為什麼？」

「這個嘛，因為這樣才能製造那種畫質很差，不經意拍到的粗糙感覺。」畫眉鳥將手電筒塞進冬青手裡。

冬青沉吟片刻：「有道理，那我們先從哪裡開始？」

「這裡。」

畫眉鳥指著畫圈的地下室洗衣間。

健身房浴室、兒童遊戲間、廢棄交誼大廳、火災過的樓層、管線室。

全都一無所獲，就算畫眉鳥還特地拿出網路購買的聚魂護身符、通靈板，兩人還是沒遇到任何超自然異象。

為了緩和冒險的恐怖感，冬青問：「妳為什麼會需要那麼大的一筆錢？」

畫眉鳥本來在吹口哨，停了下來，將巧克力塞進口中：「其實不完全是為了錢啦，我本來就對靈異現象很有興趣，最近功課做得更勤，這只是順便罷了。」

「功課？甚麼意思？」

「哦……我有位曾經非常親密的姊妹失蹤了。我懷疑她是不是真的被神隱了，還是被墨浪夫人帶走之類的。」

「墨浪夫人？」

「這有機會再和妳說啦！」

「嗯，看來今天一無所獲呢。」

「不不不，還有最後一個地方呢，在頂樓！」

「頂樓？」

「聽說，曾有一名不屬於這裡住戶的年輕人，特地跑到此處跳樓自殺。」

「真的沒問題嗎？」冬青有股不祥預感。

「問題？」她從衣領扯出一大串十字架項鍊，還有個菩薩玉墜：「別擔心啦！而且我還帶了這個。」

她搖了搖防狼噴霧劑。

冬青一度差點要阻止畫眉鳥，但想到那高額賞金，最後還是選擇作罷。

「我們比誰先抵達樓頂。」畫眉鳥急奔上樓，速度意外敏捷。

「等等啦，等等，我們要保留點體力吧！」冬青邊追邊喊。

從上方流出一道爽朗清風，這代表通往頂樓的門是開著。

先抵達的畫眉鳥卻沒有回應。

「妳還好……」

雖然深夜了，城市依然未眠，霓虹招牌閃閃發亮，萬戶燈火璀璨。卻奇怪地無法照亮這座頂樓。

冬青也看見了那個讓畫眉鳥僵直的怪物。

祂像是個非常巨大，大概直逼兩百多公斤的肥胖男子。似乎試圖要偽裝成人類，但是人皮大衣每次都穿錯，很明顯可以看到裡面極詭異的形體。

在旁邊還有更奇異的景象。五名穿斗篷的人，圍著一張細腳高椅虔誠跪拜。上頭坐了名獨臂且全身刺青的男子。他的身軀像是海綿組織，開了好幾個不規則的孔洞，彷彿即將與椅子合而為一般長滿各種毒草。

有著藍白花的狼毒草、神裁豆、古柯葉、珊瑚櫻、顛茄、黑蛇根草、燃燒著聖安東尼之火的裸麥、毒鵝膏、墨汁鬼傘、紫紅色紋脈的天仙子。

而每支椅腳，都分別接了一對女子的腿部，盤膝坐著。

他病懨懨看著冬青，冷笑兩聲，嘴角泛出了血沫。

「這、這是什麼鬼？」畫眉鳥驚愕大喊。

他用力皺眉，像是犯了劇烈頭痛：「吵死了。」

只見那男人掌心攤開，畫眉鳥就彷彿腰際綁上了一條隱形的繩索，瞬間被極強的力量拉扯，直線飛了過去。

穿著斗篷的手下們立即蜂擁撲上，將她分裂成數個肉塊，內臟與鮮血頃刻將植物染為緋紅。

神祕男子咳了兩聲，有點喘：「我等妳好久了，冬青。」

冬青目睹眼前血淋淋的景象，震驚地無法言語，不只無法逃跑，甚至雙腳癱軟，向後跌倒。

神祕男子再次高舉手掌，此時，冬青才發現對方帶著人皮手套。

「過來，我需要妳的血液，冬日君主的後裔。」

「我……我不知道你在說什麼，不要過來。」

他卻無視冬青哀號，自說自話：「妳到了這裡後，所有怪物都被妳引過來了。真有緣呀，我曾住在這裡，也是在這裡獲得北境之眼的。來吧，這全都是注定好的，我祭禮用的羔羊。」

他再次舉掌，霎時，冬青的軀體變得不受自己控制。

「怎麼辦？我也要被他五馬分屍了嗎？」冬青嚇得閉緊雙眼。

就在千鈞一髮之際，神祕男子的身旁硬生生碎開蜘蛛網般裂紋，像是有人打破了一面玻璃。

穿越出西裝筆挺的壯碩男人，他戴著奇異的面具，抓住了神祕男子的肩臂。

喀擦！傳來清脆地樹枝折斷聲，他二話不說扭下了神祕男子還完好的另外一隻手臂。

椅子上的男人卻彷彿感受不到痛楚般，氣定神閒道：「為什麼你會出現在這裡？」

聲音從沒有五官的面具透出：「我在狩獵你們這些半神，好獲得更強大的力量。」

手持銳利武器的斗篷客們從四面八方進攻，數把鋒刃刺進了西裝男的軀體。

失去雙臂的男人，以厭煩語調說：「原來，你也是為了冬日君主的血脈而來。」

就在冬青滿頭霧水，心悸猶存的時候，有人從後方拉住了她的手。

「快逃。」

是平穩的男聲，她沒有反抗，隨著對方狂奔下樓。

冬青本能性感受到，這人雖然陰沉，卻明顯不似頂樓那兩名男子危險。

「妳住在哪間？」他說。

冬青反問：「我們不逃走嗎？」

「現在街上都是無念的信徒，連高階祭司都來了，先躲起來思考下一步才是上策。」

奇妙的是，明明都已經面臨生死關頭，她卻覺得對方散發著一股熟悉感，這讓她不由自主詢問：「你叫什麼名字？」

「安息香。」

「好，我叫冬青，這邊。」

他們立即竄入了冬青租的套房。

好不容易，冬青才有了餘裕喘息。而安息香則是立刻從口袋中拔出了彈簧刀，走至窗戶旁觀察街道。

「他們是誰？為什麼要殺我？」冬青倒在床上，心跳未有絲毫減緩。

「紅栗和天鵝絨，都是殘酷的半神，一個祀奉廢墟中的惡魔，一個吃了朽葉之神，為了爭奪妳的血液。」

「我的血液？有什麼用途？」

安息香將窗簾拉上，稍微放鬆了肩膀：「妳是冬日君主的後裔，吸食妳的血液能夠增強半神的法力。」

「嗯……」坦白說，冬青並沒有太過意外，從小就對超自然現象司空見慣的她，也隱約有預感自己的特別。她驀然想到畫眉鳥的死亡，真可憐，但僅此而已，並無太深感觸。

她一邊反省自己是否太過冷血，一邊望著安息香若有所思的側臉，倏然驚呼：「安息香？你是那個作家嗎？」

安息香斜視她一眼，淡然道：「是，但現在不是重點，該擔心的，是無論天鵝絨或紅栗任何一者活下來，都是極大威脅。」

冬青瞬間從床鋪跳起：「我好喜歡你的作品耶，尤其是在講山神與狼王的故事。」

「妳有聽進去嗎？」

「有。」她乖巧地點點頭：「那我們現在要怎麼辦？」

「看來，還是只能嘗試趁亂逃走了。」

「好吧。」

他們一出門，冬青就再次被眼前景象驚呆。

長廊到處都是斗篷客與住戶的屍體。

「剛剛這裡有打鬥？」冬青難以置信。無聲無息的，而且才過了短短幾分鐘。

「來不及了。」

走廊盡頭，是遍體麟傷，甚至肩膀還插著水果刀，西裝都被血染深的天鵝絨。他依然戴著面具，輕而易舉地用單手拎著無念信徒的屍體。

冬青想要逃回房間，不過，大門後方卻成了截然不同的景色。

那裡是無窮無盡的黑暗，冬青能感受到裡面有好幾對眼睛盯著她瞧。

黑暗中，傳來顫慄低語。

「加入我們吧，妳終究會習慣這裡的。」

「我們有了新訪客呀。」

「叩叩叩，今天不想理啄木鳥，妳自己飛走吧。」

「靠近一點，我們稍微聊聊吧，不會，有事的，會徹底改變妳的想法的。」

「走，這裡只有謊言，走。」

「不要往反方向走。」

「輪到妳了。」

一股無以名狀的力量吸引著冬青，她剎那萌生向前遁入深淵的慾望。

幸好，安息香還是及時將她拉回，將憎厭匕首高舉至眉間，毫無畏懼地瞪視天鵝絨。

「剛剛那是？」冬青感覺到自己的氣息好冷。

「不要問，妳不會想知道的。」

天鵝絨只是站在原地，似乎剛才全程目睹了門後的邀請。

「趁他呆滯住的時候，趕快想個方法。」安息香語氣焦急。

「安息香，你也是個半神嗎？」

「我算是吧。」

「借我那把彈簧刀。」

當安息香還在遲疑之時，冬青已經搶過憎厭匕首，麻利地劃破了掌心，連眉頭都不皺一下。頓時，鮮血像條蜿蜒而下的殷紅小溪，流淌過白皙的手臂。

「妳要做什麼？」

她將手腕湊近安息香嘴唇：「喝吧。」

就在安息香猶豫不決時，天鵝絨已經大夢初醒般，拔出插進肩膀的水果刀，蹣跚靠前。

「快點，我的血很有用吧？不然就來不及了。」冬青催促。

安息香吞了她的血。

比任何酒精都還甜美，像是溫熱的奶油潤濕了他的牙齦、舌尖、直達咽喉。

「嘶——」

他雙眼迷濛，像是受到酥麻的電擊，全身顫抖。

咕嚕，越來越貪婪，渴望索取的越來越多。

「安息香，好痛。」她囁嚅。

「啊——」

剎那，安息香的面部浮現了鱗片狀烙印，既似魚族又似蛇類。

天鵝絨一眼就認了出來，用讀不出情緒的語調說：「竟然返祖了，原來是烏鮫的後裔。」

冬青收回手臂，用衣服下襬包住：「烏鮫？」

安息香瞳孔如蛇眼收縮，虎牙變得更加尖細，露出了冷酷邪魅的笑容：「就讓你見識一下，神裔和半神的差別吧。」

死屍緩緩浮起，宛如浮在海面的船難殘骸。

連冬青也不例外，她像是隨著無形的水位上漲，慢慢地失去重力。

所有活物、曾經擁有過生命的死物，都隨積水浮空。

「欸？水？」冬青覺得自己現在的感覺，就像是跳水落入泳池，伸直四肢，緩緩地回到水面。

至於安息香，屹立不搖，雙足牢牢死釘在地，只顧瞪著天鵝絨，而後者也不示弱，單手抓著旁邊的門把，腳底騰空的回瞪。

「抓住我的手。」安息香說。此時，冬青已經觸碰到了天花板。

「不用啦。」

她雙足踏穩天花板，伸直膝蓋，腳底好似裝了強力磁鐵，無視地心法則走著。

「你看，我還可以單腳跳哦！」

「……嗯。」

「我從小，夢遊時就會走在天花板，已經很習慣了。」

「好，但妳還是抓著我吧。」

「好。」

雖然說是抓，但安息香直接攫了她的手腕，好似牽著一顆巨大的人型氣球。

「天鵝絨，放棄吧。」

他揮了一下彈簧刀。

須臾，一股肉眼不可視的激流，宛如奔馳的萬馬千軍，挾帶走無念信徒的屍體與天鵝絨。

唰唰唰唰！

而安息香猶如一隻船錨，緊緊繫住了冬青化成的小舟。

當攻擊停止，冬青瞬間失去了浮力，朝下跌落，幸好被安息香支撐住了身軀。

「呼。謝謝。」

但安息香卻沒有回話。

「安息香？」

他的外貌已經回復原樣，卻一眼都沒看冬青，輕輕推了她的肩膀說：「別管我，妳先快跑。」

冬青朝走廊盡頭看去。

那裡站了一名滄桑、陰鬱的年輕女子，她的指甲以白為底，畫上紅金魚，並搭配流水與煙花紋路的夏日祭典風格。看來精心打扮過，十分可愛，但與其形成劇烈反差的，卻是那兇蠻嚴厲的神色。

她低著頭，怒目往上，彷彿都要噴出火焰般憎恨，以極快速度重複喊著：「安息香，你這負心漢……」

六、墨浪夫人

其實呀，她一直都可以察覺到那些男人的視線。先是她豐滿的胸部，接著，是小蠻腰，有些人呢，則會將視線停留在臀部久一點，然後，是白皙修長的大腿。

不單單只有這樣，有些低級的人甚至會露出蠢蠢欲動神情，吐著危險的氣息靠近。

然而，龍芽並不排斥這樣的感覺，甚至可以說是樂在其中。

因為這種刺激與成就感，可是連金錢都買不到的。

她已不再是昔日的醜女、胖妹，永遠不會。

她常想呀，要是能和藝術家談戀愛，然後給有錢男人包養，該有多好？或者，跟著搖滾樂團巡迴歐洲也不錯，有表演時就喝酒狂歡，沒表演時就只要待在床上性愛。

她的性是一種恩賜，用來造福男人，累積未來與天使談判的籌碼。

美麗的龍芽，擁有造就女人美麗與危險的同源祕密：性與慈悲，疼痛與溫柔。

這是她應得的，她練舞、做瑜珈、化妝，練習水晶指甲，就是為了得到目光與愛，在床上成為女王。

此刻，她正在美甲，底層塗上凝膠，照燈硬化後，又小心翼翼排列上珍珠和水鑽，並且以銀粉細繪出蕾絲。

另一隻手，則用了兩種不同深淺的水藍色來表現層次感，並繪出鮮明的對比色幾何形狀，凸顯滿滿的異族風情。

都是為了晚上的約會。對方是年過三十五的工程師，要帶著她去昂貴的日式餐廳。她像蜂后那樣，不用工作，只要陪男人們吃飯換取零用錢，你情我願，這是她美麗而與生俱來被賦予的資格，又有何不可。

更何況，一般人更無法想像，她做了多少努力與犧牲才走到今日這步。

但，最近她開始厭倦了，好無趣呀……為什麼呢？

她曾偶然聽朋友說過，世間癡迷有著無數種形式。而其中一種，叫作「徒惚」，意思是本來僅僅是抱持著玩玩心態，沒想到吶，最後卻真正地愛上了對方。

但這次，確實是龍芽犯傻了。

因為她付出了真心。

不論誰都無法彌補與取代那受傷的部分。

她坐在梳妝台前，毫無預警地哭了出來，妝都花了。

長期以來，龍芽都覺得自己像是一座深湖，表面清澈明朗，但底部淤泥黏膩惡臭，所有水中最骯髒的事物都沉積在此，那裡藏著最初的自己。

而那人看透了她，在黑暗中找到了她。然後，又背叛了她。

叮。

手機的提示音忽然將她拉回了現實，龍芽眨眨眼，發現傳訊息的是她的好姊妹。

她們就讀同所高中的不同年級，一直有著超越友誼的親密舉止。不過，在她們僅有女學生的校園中，那並不被視為女同性戀，而是青春獨有的一種祕密關係。

對方問龍芽要不要出門。

她想了想，回了「來呀」，便決定直接爽約那位工程師。

現在的她，更需要是那位妹妹。那位曾經總是黏著自己，家裡一度非常富有，卻受騙淪落欠債，最後沉迷能夠通靈、詛咒、運財，諸如此類超自然現象的妹妹。

她們約在英式酒吧。對方點了龍蝦漢堡、炸薯條、炸魚條、黑啤酒。而龍芽只點了長島冰茶，盤算店裡有沒有長髮帥哥。

「有次，我的老師講說，老師的老師，因為想要走出自己的路，所以就被逐出師門，當我老師說到這裡時，突然停了下來，全班本來鬧哄哄的，感覺到老師安靜下來，全部看到講台時，才發現他竟然在哭……」

她已經滔滔不絕講了十五分鐘。

龍芽翻翻白眼，露出再也受不了的表情，誇張嘟嘴說：「妹妹，妳今天眉毛真難看。」

「眉毛？」她立刻拿出廉價的化妝鏡：「會嗎?不會吧？」

「全世界能畫眉畫得那麼難看的，大概只有妳吧。」彷彿像是能擦掉不好看的線條一般，龍芽用食指繞了好幾個圈。

「欸妳心情不好哦？」

龍芽皮笑肉不笑道：「怎麼可能，有我最喜歡的妹妹陪伴，哪會。」

「還在想他喔？」

「想那個男人？呵，我有這麼說嗎？怎麼可能，男人不是窮就該死嗎？那種連自己都養活不了自己的人，妳覺得我會放在心上嗎？」

「噢，確實啦，人本來就是要溫飽的，沒錢都假的，出個門，對方還無法請客，真的轡沒面子的啦。」

龍芽又灌了一口酒，語氣變得更加強硬：「和男人出去吃飯，男人付錢不是應該的嗎？因為我精心打扮。我花了時間耐著性子陪他們，而且我讓他們多有面子。」

對方卻只是聳聳肩：「講歸講，我還是覺得妳很在乎他，畢竟感情就沒有對錯嘛，所以……」

「沒有呀，妳在做夢吧？」龍芽雖然否認，但雙眼朦朧，臉頰已經染成了櫻花色澤。

「好啦，說到這個，那妳要不要試試看召喚墨浪夫人？」

「墨浪夫人？啊？什麼？」

「一個都市傳說啦，傳聞能夠治療情傷啊，或心理陰影之類的。」

龍芽突然有了點興趣：「妳怎麼知道那個什麼墨浪夫人的？」

「當然是網路啊。開什麼玩笑，我從小就在研究怎麼用超自然力量賺錢錢耶。」

龍芽咬緊下唇，定睛望著對方。

「妳在猶豫對不對？我很清楚，那是妳動搖的表情。」她拿出有粉紅骷髏殼的手機，滑開頁面：「拿去，妳先看看，等等我再把網址傳給妳。」

龍芽接過手機，雖然滿是困惑與不信任，但仍閱讀起了文章。

偶爾，人們會在廣告或者海報中看到非常不協調，或者沒有邏輯的圖案。不過，幾天後沒人注意到的情況下，甚至快要遺忘這件事時，有些人會留心到似乎本來該存在於某處的物體消失了。

她有點像是靈異照片的變體，或者神話中可以穿越有水之處的海妖。

她一頭黑短髮，帽子總是遮住眼睛，從下巴與嘴唇判斷，年紀應該落在三十五歲左右，穿著黑白搭配的套裝，胸口有紅色寶石。

有人推測墨浪夫人是個從中古世界活到現在的真正女巫，也有人說她只是名普通的女子，化身惡魔的代言人。更有種說法女人只是她的外表，她根本不是一個人形生物。

許多網路討論室提到，辨別出墨浪夫人時，若將自己的血抹在電吉他琴弦，一邊「像是撫摸愛人臉頰般」溫柔的動作撥弄，一邊詠唱五個最重要的人名。

她有很高可能性會對你輕輕點頭，你開口對墨浪夫人道：「我出賣我的血。」她會伸出手臂，檢視你是否為無罪之人，若是如此，她會張開腕部的通道，引渡某種高階的存在到我們的世界。

她會把你帶走，然後將你的身分替換成另外一個比較快樂的人。

「我好想我的同卵雙胞胎姊姊，我們無話不談，甚至連月事的時間都一樣。她的外型和姊姊一樣，可是她是個怪物。她是學校萬人迷，完美開朗樂觀，但每天晚上都在我的枕邊，不眨眼的盯著我微笑。我要去找墨浪夫人要回真正的姊姊。」

這段文字擷取於一名獨生男子的遺書，他敲碎馬克杯並且吞下所有碎片。

龍芽將手機還給主人時，大嘆了一口氣。同時，故作輕鬆，盯著已經被一掃而空的餐盤：「再說啦，誰知道會不會有奇怪的危險，而且我又不需要那種東西，妳以為我還是高中時的我，總是缺對象，害怕沒人要喔？」

「哈哈哈，沒事沒事，我只是和妳說而已啦！反正我會給妳網址，妳看看就好囉。」

「再說啦。」

龍芽知道，這就是她的妹妹，老是習慣附和別人。但不當面戳破，或許也算是種溫柔。

「不早了，先回去吧，之後再見。」

但是，從那晚開始，龍芽便時常夢到那男人。他如初見時的模樣，長髮及腰，斯斯文文，精通鋼琴。

雙眼盲目，但演奏技巧卻沒好到能養活自己，靠著政府給予的殘障補助維生。

一位溫柔，有著美麗心靈的廢人。

當龍芽離開他時，說了非常難聽的話。所以……他失去了聯繫，而龍芽便再也不曉得，後來的他擁有什麼樣的際遇。

今天是情人節，她吞了三顆控制血清素的藥物，還喝了整瓶紅酒。

她邊修指甲，邊看電視。

用空氣噴霧來做出了漸層色，讓指甲純白的根部一路豔紅至末端。並增添粉紅色的大理石紋與白貝殼。

至於重複播放的肥皂連續劇，現在的橋段是無論如何，女主角都深信男主角，劇情來到最高潮。

她關掉電視，倏然覺得這世間所有事情都無聊至極，毫無意義，她考慮要不要乾脆再去夜店釣個男人回家。

這時，龍芽忽然想到墨浪夫人。

「不然，來嘗試召喚她看看？」

抱持著戲謔的心態，龍芽翻出了時裝雜誌，有名穿著黑禮服的女模特兒，面無表情地注視前方。

但她沒有電吉他，倒是有電子琴。

龍芽把客廳桌面的雜物往旁邊一撥，將樂器放上，立好譜架，雜誌夾好。怕痛的她，選擇用口紅代替，差不多吧？心意到就好。她順著C大調，用口紅在琴鍵寫上那盲人音樂家的名字。

接下來，要唸五個最重要之人的名字。

龍芽的爸媽很早就離婚了，他們不重要。

姊妹們畢業後都離她而去了，她們不重要。

男人們……不重要。

既然都不重要，她到底為什麼會不快樂？她嬌媚動人，無懈可擊，從不缺錢，人人搶著追捧。

龍芽不知道她想要什麼，最後，半夢半醒，半醉半清，說了五次自己的名字：「龍芽、龍芽、龍芽、龍芽、龍芽。」

沒有任何動靜。

「什麼嘛……果然是騙人的。」她隨手拿起一旁的鵝肝罐頭，發現沒有拉環，只好慵懶起身，前往廚房尋找開罐器。龍芽抓著紅酒瓶，步伐歪斜，好幾次都險些跌倒。

「哪裡啦，煩死了。」她拉開抽屜，只有一堆叉子、湯匙，不是從旅館拿來的，就是愛慕者送的。

「沒有。」她又拉開另外一個，只有很多橡皮筋。

她又喝了兩口酒。手一滑，酒瓶直直落地，紅色液體炸裂四溢。

「拜託！」

她在一團髒亂旁蹲下，瞪著血泊般的紅酒灘。

龍芽想要伸手去撿玻璃碎片，卻沒想到，她醉醺醺一晃，立刻不穩地往前傾倒。她在情急之下，想要以手掌撐住身軀，但玻璃渣插進皮肉，讓她痛得尖叫，加上磁磚濕滑，她便整個人側身跌倒。

她靜靜地臥在酒中，感受著黏膩的觸感。過了幾十秒後，她搗起臉，輕輕地抽搐。

「為什麼？連上帝都要整我，到底為什麼啊。」

她崩潰哭嚎，淚如泉湧。

「我好想再聽你彈奏一次鋼琴給我聽。我們去看得到海的那間民宿時，你彈過的那首，我說聽起來很有夏日氣息的那首……」

就在龍芽黯然地發呆時，沒想到，她看到了永生難忘的一幕。

不知道何時開始，雜誌裡面的模特兒竟然真的在龍芽眼前。她雙臂交抱，幽幽佇立。

「墨浪夫人？真的是妳？」

她的膚色更白，黑禮服更黑，胸口還有顆彷彿將燃燒火焰凍結的紅寶石，她頷首致意，露出曖昧笑容。

「妳是來解放我的痛苦的嗎……」

她趨前一步，像是科幻片那樣，胸口以十字裂開……

她的意識陷入長期混亂，龍芽不清楚這樣的狀態過了多久。

她看見了構成自己的模樣，每根靜脈、動脈，都是代表一種純粹的情緒，像是狂喜、憎恨、擁抱……

龍芽想說話，但言語變成色彩，圖像，符號再也不具有任何意義。她知道這裡很危險，一座巨大宅邸，複雜如瞬息萬變的迷宮，無限擴展與延伸。

雖然很富饒，卻因為陌生而寂寞。在此，她不老不死不倦不餓。

每日，都會有名金屬天使來監視她，她無法直視牠，否則雙眼會如燃燒般痛苦。

這異域很安靜，沒有旋律，沒有節奏。

沒有那些充滿生命力的電流與氣息。

她死了嗎？

她甚至不曉得自己在哪裡，最後的印象，是從墨浪夫人體內竄出的野獸，像是撕裂餐包那樣，將她一塊一塊小口吃掉，讓她聯想到動物頻道中螳螂用口器啃食獵物的模樣。

這裡就是地獄嗎？

有條長廊掛滿油畫，擬真到堪比相片，都是她一生在乎過的事物，龍芽跪在那裡哭泣，她總騙自己，她什麼都不在乎，這樣就不會顯得可悲或可憐，失去任何事物時都無法傷害她，但很顯然地，她無法這麼做。

她也沒有遇到其他靈魂。

金屬天使不與她交談，只是像深夜屋外的貓頭鷹，藏匿於樹梢凝視著龍芽。

就這樣，她不清楚到底過了多久。

龍芽反省著自己的人生，好想再次裝飾美麗的指甲，再次吃到抹茶冰淇淋，再次被人親吻。再次泡在溫泉之中。

就這樣，日日夜夜，夜夜日日，或者無日無夜。她逐漸失去頭髮、四肢、腰身、胸部、心臟、耳朵。

她變成巨大肉塊聚成的怪物，長滿無數蛆般的觸手。

那些曾經擁有過的回憶，重複重複重複，然後越來越模糊，越來越淡，她不斷重複播放自己的一生，之後又倒帶，漸漸地，她什麼都想不起來了，只求死亡。

或許過了一天，或者一載，或者一世紀。

直到有天，這宅邸出現了金屬天使以外的活物。

當時，他徘徊在花園，看來只是一名過客，渾身浴血，傷痕累累，戴著詭異的面具。倚靠著天使雕像。

此時的龍芽，已經無法言語。但最後一絲絲的人性，仍驅使她，因好奇而往多年來第一個見到的人影靠近。

「嗚、嗚、嗚……」

她甚至無法流淚。

但對方只是看了她一眼，毫無興趣，毫無意外，只顧歇息，像是剛經歷了一場嚴峻的戰役。

「嗚、嗚、嗚……救、救、救。」

對方。

她終於吐出完整的單字。

他猛然扭過頭，雖然看不見面具下的表情，但細微的肢體語言能明顯感受到其激動。

他似乎在思考。而龍芽則再次想起男人的天性，於是伸出觸手，像是獵食的海星般包圍住了對方。

他也毫無逃避的意思，壯碩的手臂一伸，就撕裂了空氣，帶著噁心的肉團穿梭到了不同維度。

龍芽回來了，但已不再是當初的自己。

他們仍在那座迷宮般的巨大別墅。但那名男人將龍芽關在一座擺滿玻璃飼養箱的房間。

龍芽得知了對方的名字叫做天鵝絨。

每日，他都餵食她白色的蠕蟲，而她從未見過這男子取下面具。

「這些蟲子，分食了朽葉之神的身軀，充滿了強大的法力，或許有機會能回復妳本來的樣貌。」那名男子說。

「透過面具，我能看見妳曾是個美麗女孩，看著妳浮腫的屍塊，我想到自己也有一死，或許靈魂的下場會更加悽慘吧。」他說。

「那些我為朽葉之神獻祭的無辜冤魂，對我恨之入骨。我一生誤信惡神，若死前能做點好事，或多或少是點補償吧。」天鵝絨說。

龍芽一點一滴地回復了人性，但也不再是本來的她，漸漸，她開始能像嬰兒般簡單言語。

而天鵝絨也彷彿對豢養的寵物有了情感般，重視起了龍芽。

「我從未來穿梭回來的。因為受了嚴重的傷，不得不逃到過去。」

他變得會主動分享情緒，且不厭其煩地教導龍芽重新言語。

龍芽常聽到屋子傳來幽魂的呼喊，而天鵝絨則會說，沒想到她們也跟著回到了過去，不過幸好面具能保護他。

「你……為……何……此地？」

「本來，我差點被廢墟中的惡魔殺死，幸好及時使用了面具的力量，回到過去。」他將蟲子從面具下緣塞入，用口嚼碎，吐在掌心後，塞進了龍芽嘴裡，她現在已經有了張不完整的臉，但身體還是臃腫無比：「這面具本來是朽葉之神的，只要戴上這個，就能穿梭空間與一定範圍的時間，遊走於不同維度。」

「就……可……以，離離離離開這……？」

「嗯。」天鵝絨點點頭：「是時候離開了。」

他調整面具，將樹枝編成的部分遮蓋頭髮。接著，單手撕開了空間，縫隙隱隱約約透出不詳的流光。

他佇立在異域的入口，背對龍芽道：「別擔心，妳很快就會好起來的。」

「天……鵝……絨。」

「嗯？」

就天鵝絨轉身瞬間，龍芽扯下了他的面具。

這是她第一次看見他的臉部。

滄桑、錯愕無比。

瞬傾，無數條人型黑影從異域湧出，環抱住了天鵝絨。他在撕心裂肺的慘叫聲中，被拖了進去。

「終於，我們邁入了永恆！」

「沒想到也有能達成心願的一天呀。」

「我又養了一對愛情鳥，快來看呀。」

「再也不用擔心，時間不夠了，我要唱歌給你聽。」

「該你啦，要嘛哄我，要嘛吞一千根針。」

「我。」

「你。」

龍芽震驚地凝視這景象，不過，僅維持了數秒。

她戴上面具。

她脫離那團肉塊，再次化為女子型態的靈魂，她驚喜地瞧著自己修長的四肢、赤裸美麗的胴體，欣喜若狂地躍離這狹窄幽暗的房間。

她在空中飛行。

高興地喊叫，止不住喜悅的淚水。

啊，太好了，她要成為半神了，她要擁有不老不死，穿梭時間、空間的力量，在歷經那麼多折磨以後……

倏地，她遇上一陣狂風。

寒冰刺骨，宛若深冬的暴雪。

一名眼睛是大理石，頭髮綁滿電漿管線的男子抓住了龍芽。

她想掙脫逃跑，對方卻只是不懷好意地睥睨。

「沒想到竟然在這裡。」

祂剝離面具同時，龍芽又失去了形體。

「至於這噁心的東西，我該怎麼處理。」

祂瞟一眼下方的山莊。

「我想到了，妳還想重生嗎？」

「要……」

祂嗤嗤大笑。

「我會將妳放入新的軀體，妳得嫁給叫做安息香的傢伙，而且永遠不得說出真實身分，否則後果……」祂頓了頓，舔舔嘴唇：「不堪想像，哈哈哈，真有趣，不知道朽葉之神那傢伙知道後，會不會連祂都對這玩笑甘拜下風。」

祂鬆手，龍芽向下掉落，被命運吞噬。

七、古神僧侶

他們駕車駛抵山腳，接著，徒步而上。

早晨下了場磅礴大雨，導致現在積水的黑石階閃閃發亮。

安息香與冬青兩人，僅僅準備簡單的輕裝，便進入了人跡杳然的深山之中。

他們順著蜿蜒小徑行走，雨水洗滌後的景色祥和絕美，充滿神祕與陰鬱。遠樣，皚皚白雲繚繞著群峰，若竹與常磐色的山巒層層疊嶂。

冬青戴著一頂綁了紅色蝴蝶結與有著好看蕾絲簷緣的白帽：「我一直很好奇一件事情，安息香，那些自稱新神的存在，真的是我們認知到的神嗎？」

安息香聽到她的話，雙手插在風衣外套的口袋，停下步伐道：「這個問題……我也曾經思索過。」

「那你得到什麼答案呢？」她一個小跳步，玩著石階梯外都是岩漿的遊戲，卻平衡不穩，幸好被安息香及時抓住手臂。

他立即放手：「我並不認為祂們是『神』，純粹只是方便稱呼而已。」

「咦？怎麼這樣說？」冬青的語調透露出自己很感興趣，還不時偷瞄安息香的側臉。

他繼續往前，替冬青撥開樹枝：「不論是對冬日君主、廢墟惡魔，還是朽葉之神而言，人類就像蟻群般脆弱。但是，就算那麼渺小，也有像是行軍蟻那麼詭異強大的存在，而行軍蟻的「軍團行為」，源自於蟻后的指揮與費洛蒙，而換成人類，那不是恐懼也不是信仰。是更超脫，值得追求的所在。大概就是我們說的『願望』吧，而且未必等於野心。至於某些更強大存在，能夠滿足痛苦人類心願的，他們就會稱呼那為神。但其實作為神的條件並沒有那麼簡單。」

冬青轉了轉眼珠子：「你的意思是，這只是崇拜那些生命體的信徒的觀點嗎？」

「嗯，是，假使今天有兩個蟻群，只要有螞蟻膜拜祂，祂就毀壞另外一個蟻窩，那麼祂是神嗎？不是，祂只是個更殘暴的存在。」

「所以，神比較像是地球上現在大部分膜拜的主要神明嗎？」

「是，神得是公正，慈悲的，就算以人類視角來說未必如此，但以祂們高維度的存在來說，還是得符合某種道德標準。

當然也有很多慈悲，但不夠強大而被遺忘的存在，這就是另外一件事情了。」

「嗯。是說，安息香，我一直很喜歡你的作品，甚至因此開始寫詩。」

這突如其來接上的不搭嘎問題，可能冬青是想要轉移話題，也可能是早醞釀已久：「你會想看看嗎？」

安息香見話題轉移，也沒多說什麼：「有機會的話，好。」

「嘿嘿，說好囉，詩集名字叫做《紙鶴與底棲魚》，下次給你手稿吧。」

「聽起來，是在探討寂寞吧。」

「為什麼你會這麼說？」

「紙鶴是人造的美麗鳥，用來祈願，受到喜愛，栩栩如生卻無法真正飛翔。而底棲魚則是離群索居，但自由自在，同時寂寥。我猜要不是指戀人和自己，不然就是內心兩個反差的自我。」

「真厲害。」

但話盡於此，兩人之後又是一段緘默。

於是，冬青將注意力轉移到欣賞令人醉心的風景，她真無法想像，這裡，是曾是發生多起失蹤命案的險惡之地。

其中最有名的一項傳聞，是在二十世紀末，各大出版社都收到了一封厚重的稿件，發出者即是來自這深山中療養院的某位病人。

稿件宣稱，知道「迪亞特洛夫事件」的真相。前面三分之一，詳盡地記錄了事發經過，內容紀錄不僅僅使用了中文、日文、英文、斯拉夫語，甚至還用上了凱薩加密、藏密學。

中間三分之一，是二進位的零與壹，輸入電腦，竟然出現了《翠玉錄》的點陣圖像。

最後三分之一，則是根本完全無法解讀內容的文字。

共計六萬六千六百六十六個新符號，沒有一個重複，沒有一個對比到現今的語言規律。

然而，時隔不過八小時，就出現了一群神祕的人士強行回收，並且處理掉了所有稿件。

療養院也因為不明緣由起火燃燒，總計四十二人喪命。

從那之後，這座山便充斥許多謬誕的謠言。

譬如，通緝犯只要躲至此山，便再也無須擔心被人間的審判者定罪與獵殺。或者，也有人在此遇見百年前的殺人魔，年輕如昔日，毫無記憶地徘徊在樹木與樹木間的縫隙。

最知名的傳聞，便是一位諾貝爾物理獎得主曾經隱居於此。

他一度發瘋，尋覓至了這間廢棄的無人療養院。卻隔了六個月，自行恢復了神智。

無人知曉詳細過程，包括他是為何瘋狂，又為何復原，在廢墟中怎麼渡過生活。他自己對此全都絕口不提。雖然，偶時會在言論中，不經意地提到「吞噬荊棘的黑狗之神」。

綜合以上種種傳聞，安息香研判，這裡是最有可能出現「古神僧侶」的地方。

「安息香，為什麼那天，你會突然出現在公寓？」

「因為我需要妳的血來召喚冬日君主。」他誠實道。

「冬日君主？」

「我有些事情要詢問他。」

「和你的妻子有關？」

安息香默不作答，但冬青少見的不願善罷甘休：「這和你最後決定接下委託有關嗎？」

冬青的意思，是指安息香還是接下了紫水堇的委託，到深山中尋找能給予所有答案的「四十二號」。

「呃……」安息香沉吟一會兒，就他所知，那聖物目前的持有者是古神僧侶。他想弄清楚，為什麼墨浪夫人要特地指引紫水堇來找他，祂們在做什麼祕密的策畫嗎？

但他並無打算與冬青多加解釋，簡單明瞭道：「部分原因是，但更重要的，是我需要錢，這次提供的費用和人脈都很優渥，雖然我根本不是什麼私家偵探之類的，而且，我打算得到聖物後，先自行使用，我有想知道的答案。」

冬青滿臉狐疑，心想是關於亡靈妻子吧？冬青已經見識到祂的恐怖。總是追著安息香跑，有著強烈佔有慾，是想要擺脫祂吧？

但冬青當然沒有說出口：「那，為什麼你會選擇找我當合作夥伴？」

「你也需要錢吧？」安息香淡然道：「加上，說不定身為冬日君主後裔的妳，也會有什麼特別的能力。」

「也是啦。」

心照不宣的兩人安靜地走在羊腸小徑。兩隻野狗忽然高聲咆哮，讓毫無防備的冬青嚇得跳起。

蟲子吵雜喧嚷，安息香穩健沉著，不受影響地從口袋拿出粉筆與指南針。

「從現在開始，我們要紀錄路標，不然可能就會被這座山裡的魑魅魍魎迷惑了。」

他在巨岩上畫了神祕的符號，看起來像是對十字架哭泣的眼睛。

冬青注視安息香舉止時，想到他曾說過：語言，是這個世界抵抗祂們最有效的方法。任何語言，只要以正確的方式使用，都足以將祂們擊退回異域。

她甚至有聽過一個說法，語言的神威能帶來幸福的國度。

詩歌、哲學、言靈、符痕、咒術。

他們一路都持續著這耗費心力的工程，毫不怠惰。

就在冬青準備開口詢問前，安息香說：「到了。」

兩人停在一座棄置許久的隧道前，入口垂簾著藤蔓植物，深處幽黑死寂，荒廢破舊。

「我以為我們要去燒毀的精神病院。」

他仰頭觀察天空，遠遠地，有幾隻鷲鷹：「這裡遇到古神僧侶的機會比較大。」

冬青點點頭，調整好帽子：「對了，有點我不是很明白，為什麼安息香你懂這麼多？」

他往前走了兩步，踩上岩石觀察風向。

「很多半神都會聽到耳語，內容未必相同，但我猜，大概不是來自血脈的祖先，就是聖物的主人吧。」

「那為什麼，我都沒有聽見？」她歪頭。

安息香聳聳肩：「這也會因人而異，而且，妳不會想要聽見的，相信我。」

「這樣呀，我還有個疑問，你呼喊自己的血脈時，祂們也會回應你嗎？」

「或許冬日君主會回應妳吧，但烏鮫一族並不在這裡。」

「嗯，好吧。」冬青從背包中拿出手電筒，一支傳給了安息香，將光投射進隧道時，不禁「呀」一聲驚呼。

裡頭散滿了冥紙，金、銀、白交疊。

像是片片花瓣，落在廢棄車輛與長久未有人煙的道路，若不是知道背後含意，不得不說，冬青覺得這畫面散發出一股莫名淒美。

安息香先進了洞穴。

「大仙要來囉！大仙要來囉！大仙要來囉！」安息香對洞叫喊。

杳無回音。

於是，安息香與冬青只好更加深入。

雖然氛圍詭譎，不過，他們兜了十幾分鐘，都還沒發現不尋常處。直到兩人接近坍方處，才看到了其他燈光。

「有光耶，安息香，那是……」

「噓。」

安息香立即關掉兩人手電筒，頓時，車頭燈明亮的光線驅離了黑暗。

數名拿著棍棒的男性，穿著廉價西裝，圍著一台轎車。

「是黑幫。」安息香對冬青耳語。

從求饒的慘叫聲可以辨認，應該是某人背叛了組織，所以被帶到隱密之處，準備虐待致死後直接棄屍。

情勢非常不妙，若是貿然行動，很可能兩人會被牽扯進無端紛爭。

「來。」

他們躲進殘毀的車體，並肩縮藏。

冬青憂心忡忡地抓著安息香手臂，他卻只顧死死盯著那群黑衣人士。

黑幫與兩人距離約莫只有一百公尺。

冬青有種預感，他們再繼續這種殘虐的暴行，很可能會引來嗜血的神祇。

不出所料，他們聽到了馬蹄聲。

詭譎的是，那怪物在黑暗中的輪廓異常清晰。

一個身披白斗篷的人形生物，坐在一匹腐朽白馬上，中央敞開布滿大大小小人類牙齒的巨嘴，裂縫從肚臍上方延伸至頭頂。祂不斷發出昆蟲拍動翅膀的聲響。

背部伸出六隻長到可以拖到地面的手臂。

「是古神僧侶。」安息香悄聲道。

經過兩人身旁時，那死老鼠的臭氣逼得冬青噁心反胃。

祂無視其他物體，直直朝哀號聲源走去。

第一個發現不對勁的，是蓄鬍、頭髮向後梳平的馬臉男。他一邊咒罵，一邊拔出手槍。

但子彈對古神僧侶毫無傷害，像是射入海洋般無動於衷。

方才，幫派實行了鐵鎚敲碎手指、拔下牙齒、火燒腳底、刺瞎眼睛等等令人髮指的恐怖行徑。

古神僧侶不但一一報償，而且手段更加殘虐。

「別看。」安息香遮住冬青雙眼。

祂在慘絕人寰的悲鳴聲中，將屍體重塑成無法形容的恐怖姿態。

那些亡靈僕役甦醒後，立即謙卑無比地崇拜著古神僧侶。

「沒關係。」冬青說完，拉下安息香手掌時，卻馬上被眼前畫面嚇得驚叫。

古神僧侶扭頭瞬間，安息香抓扯冬青的手臂衝出車輛，往反方向急奔。

兩人跑得氣喘吁吁，冬青的白帽掉落在後頭，立即被肢解撕碎。

那些惡靈僕役的速度快得超乎想像，祂們採夾擊攻勢，交互爬行。

縱使安息香或冬青竭力狂奔，卻依然逃不過那些恐怖生物的追獵。

祂們從隧道天花板、牆壁左右兩邊趕上，甚至超前兩人。

最後，只差一點點，就在安息香與冬青即將抵達有光的入口處，還是被強行阻擋了去路。

安息香拔出了憎厭匕首，護在胸前。

冬青也從口袋拿出以防萬一準備的美工刀，熟練地在手掌割出口子，湊近到安息香嘴旁：

「安息香，喝我的血吧。」

沒想到，安息香卻撥開了冬青手掌：「我不會再喝妳的血了。」

冬青有些錯愕，她表情微微受傷，抿緊下唇：「是因為妳妻子的緣故嗎？」

他沒有回答。

而此刻，兩人已經被古神僧侶與亡靈僕役們團團包圍。

妲、妲、妲——

腐敗的馬頭靠近兩人。

冬青心臟緊揪了一下，牙齦止不住打顫。他們陷入完全無法脫逃的僵局，就像落進捕獸籠的野兔。而安息香卻絲毫沒有舔拭自己血液的打算，難道他寧死都不願意再這麼做嗎？

但一嗅到冬青的血味，古神僧侶卻猛然色變，馬匹嘶嘶嚎叫，狂亂抬腳。

祂似乎意識到，她流有冬日君主的血液。

雖然不清楚緣由，但看來，古神僧侶展現出了膽怯，祂勒轉轡頭，向黑暗的深處走去，而亡靈僕役們，也像一隻隻朝海浪奔去的節肢動物，往主人離去的地方聚集。

「等等！」安息香倏然大喊。

古神僧侶停止了移動。

「我需要四十二號，你願意幫助我們嗎？」

妲，妲。

祂再次拉回馬頭。

兩天之後，冬青獨自回到了紫水堇的宅邸。

她模樣憔悴，雙臂那些陳舊的抓痕結痂之上，又有了更多傷口。黑色的頸圈卻依然保養良好。

「成功帶回四十二號了嗎？」眼前的美麗女子，語調一如既往高傲：「安息香呢？為什麼自己不過來？」

「他有不得已的原因。」冬青回答得不亢不卑，將方形手提箱甩到了桌面。

「這就是四十二號？」紫水堇打開箱子。

裡頭裝著名為「四十二號」的聖物。

它的外貌是舊式通管電腦。有著透明機殼，裡面裝著腫脹的黑色大腦，插著數根針，並且用夾子頭電線連接。

「這是安息香的腦。」冬青強忍悲慟，語帶哽咽：「妳早就知道了對不對？」

紫水堇不發一語，凝視著四十二號。

「是嗎？妳早知道會這樣了對不對？」

「我不知道。」

「騙子。」

冬青拿出憎厭匕首，雙手顫抖地握著，將尖鋒指著紫水堇的心窩。

紫水堇依然不慌不忙，像是無情感地念著台辭般：「妳不會想這麼做的。」

她撫摸一下百合聖環，房間彈指多了數個詭異的黑影，祂們頭罩麻袋，餓死鬼般的修長四肢遍體鱗傷，洋裝破舊，瞳孔中的紅色光芒透出了麻質布袋。

對峙數秒後，冬青抓著彈簧刀的雙臂無力下垂，痛哭失聲。

紫水堇面無表情地從抽屜拿出一袋鈔票，交給冬青。用比先前都稍微溫和的語調說：「走吧。」

冬青停不下哭泣，但還是謹慎地收好了憎厭匕首，拿著托特包離開。

「沒想到……」

她是真的沒有預料到，古神僧侶會取出安息香的大腦做成四十二號。

紫水堇拿出昂貴的威士忌，不使用玻璃杯，直接飲水般大口灌著。

她看著四十二號，久違地有些憂傷，那日，說完墨浪夫人的故事之後，兩人又聊了一會兒，他有不少想法與哥哥很像。以朋友來說，會是個不錯的陪伴。

安息香會恨她嗎？

或許吧，但他總是那樣厭倦、寂寞，在他心中真的有憎恨這種情感嗎？

然而，為了履行和墨浪夫人的協議，不論幾次，她都得做相同的選擇。

她閉眼，想到了哥哥與姪女，這些犧牲，都是值得的嗎？

「主人。」

有人打斷了她的思緒，紫水堇的兩名僕人出現在門口，各執單臂，拖著一具女性屍體。

是雙眼焦黑的冬青。

「主人，我們殺掉她了，但我不懂……」

「別提沒必要的問題。」

「是，那請問屍體該如何處理？」

「嗯……」紫水菫痴痴地看了她幾秒，才淡然道：「把她埋在後花園吧。」

「是。」

「還有，」她打量了一眼屍體：「讓她雙手握著那把彈簧刀。」

「是。」

另外一名僕人忽然出言打斷：「主人，恕我插嘴，有幾具用來種花和蕈類的屍體復甦了，該如何處置？」

「別管它們，砍下頭來再埋回去吧。至於這屍體，用來種斷腸草吧。」

「是。」

紫水菫望著僕人們離去的背影，倏然覺得有些可惜，像她與哥哥這般聰明且擁有法力之人，真的世間少有，難得令她惋惜。但現在，他們又都死了。

八、光環女孩

在這裡，冬青的一切感官被無比擴張、扭曲。

眼前驀然出現了一排排電腦程式般的方格，將她拆解，拆解成最小零件，之後又倒帶般重組。

雙唇像被冰霜封黏住。

她嘗試念出自己的名字，冬、青。

冬將展現出整個季節，青將是所有顏色。無限遞迴。

路邊的枯樹都化成了鐵製品，並緩慢溶解。她看見小徑旁的雪牆有些地方被黑血融化，裂痕成了會呼吸的靜脈。

她明明正在前進，卻恍若原地踏步。

風一吹，便似浪潮要把整個人捲走。她用手掌搓揉雙臂，所有被撫摸過的部分都像是千百隻手花緊緊攀附。

她挪移至左側，卻感覺身軀還停留在右側。

冬青看見無數個自己的殘影。

天空是瑰麗的薔薇色。

幾天前與安息香的對話，都像是上輩子的事情了。

好像歷經了一場極長的夢境。

她的今生到此為止了嗎？總是因為生來的怪異而被排擠，到哪裡都與團體格格不入，宴會中永遠的壁花。偶爾，有了較好的兩位密友，最後也會演變成他們各自私約，拋下冬青獨自一人。

她也幻想過成為下午茶的主角呀……

青少女時期的她曾虛構自己是偉大的詩人，舉辦讀書會時，所有參加者都面帶和藹微笑，全神貫注諦聽，欣賞與尊重她的才華。

她如醉地沉迷在美好遐想中，悠然漫步。

冬青陡然看到一名似曾相識的女子，撐著能遮住火雨的紅傘，而天空與大地覆蓋了白雪，冰晶在飛舞。她的衣袖上繡著回雪。

冬青嘗試靠近。周遭被忽略或遺忘的事物，依然持續在燃燒著。

她認出在天使雕像旁發楞的是安息香的亡妻，然而，與之前所見的她有著截然不同的氣質。

她不再癲狂、怨妒，而是有著與安息香相似的眼神。

彷彿在訴說對外界漠不關心，只有自己的靈魂值得重視。

冬青邁步靠近，走到了她身旁：「妳是安息香的亡妻吧？」

那名女子恍然甦醒般，把視線從遠方的山脈拉回，直視著冬青，幽幽道：「嗯，我認得妳，叫做冬青吧。」

「咦？為什麼妳會知道我的名字？」

「這裡還是能聽到來自外界的訊息啊。」

「原來……請問妳叫什麼名字呢？」

「依蘭。」

「妳好，這裡是地獄嗎？我們……死了嗎？」

「我不確定這裡是哪裡，但妳一定也是個半神吧。」她姿態端莊，瞇著眼笑時，有種讓人著迷的魔力，像是座冷霧中的鮮花。

「請問，妳知道我是怎麼死的嗎？」

「看起來，應該是紫水堇的僕人們下的手。」

「為什麼？」

「我也不是什麼都知道的，這可能要靠妳自己去查明了。」

冬青不甚確定道：「好吧，所以，照妳剛剛說的，聽起來這裡是半神的陰間。」

依蘭歪頭，優雅地微笑：「勉強稱得上吧。」

她舉手投足散發一股高貴，冬青曾在紫水堇身上看過酷似的氣息，不過，依蘭的更加溫潤柔和。兩者猶如冷水晶與白琉璃之別。

「妳現在的樣子，和追著安息香跑的恐怖模樣差好多。」

「那不是我，有人霸佔了我的身軀。」她帶澀地苦笑道，彷彿那是普通的少女煩惱。

「那妳怎麼知道自己後來和安息香結婚了呢？」提出詢問時，冬青其實有點期待得到的答案是「她不知道」，並否認自己與安息香的婚約。

「我一直都知道啊，像剛剛提到的，會有人告訴我的。」

「所以，妳算他的妻子嗎？」

「早在我死去前，我們就決定要永遠在一起了。」

「是嗎？」冬青不禁感慨，但更加迷惑的是：「不過話說回來，原來妳也是個半神嗎？」

「其實，我也不太清楚。」

她說話的語調真的與安息香好像，冬青忍不住想。

「好吧，那這棟建築是哪裡？」

冬青眺望花園盡頭的山莊，與紫水堇所在的別墅似曾相識。

「刺脊山莊，我們從來都沒有離開過這裡。」

「刺脊山莊……到底是什麼？」

依蘭臉泛紅潮，散發著迷人香氣，低頭思索的模樣美極了。

「就我推測，是為了制約那些過度強大，為所欲為的存在。」

「神明的審判所或監獄嗎……」

「是這樣說嗎？」依蘭微微傾斜嬌小臉蛋，髮如絲緞柔順地蔓延肩頭。這樣美麗的輪廓，卻也能猙獰如惡鬼，冬青不禁感慨萬千。

依蘭沒留意到對方心思，只顧繼續說：「總之，安息香老師的先祖是烏鮫一族的母神，她創造了刺脊山莊。」

「憎厭匕首呢？」

「是用母神的骨頭做的唷，還有才短短交談幾句，我就知道妳真的很重視安息香老師呢。」

她撇過頭，慣性想要用帽子壓住亂髮，但頭上卻空空如也：「咦？怎麼會突然這樣說？」

依蘭表情忽然狡黠起來，像是叼到雛鳥的貓：「妳自己也是冬日君主的後裔呀，但妳一點都不關心，只顧問著安息香老師。」

「是、是嗎？」

她冷傲、高雅地笑了笑：「但是呀，我還是絕對不准妳搶走老師。」

「哈，哈哈。」冬青乾笑：「對了！安息香也在這裡嗎？」

依蘭平靜道：「不告訴妳。」

「唔……抱歉？」

「妳對安息香老師很沒禮貌，總是直呼他的名諱。」

冬青倏然來了點脾氣，但立即壓抑下來，很奇怪，多數時候，她都已經習慣對這樣的態度忍氣吞聲，可是，剛剛卻險些動搖：「抱歉，所以，我就得一直待在這裡嗎？」

依蘭的視線落在山莊：「妳想要離開嗎？」

「可以離開嗎？」

「大概只有妳可以吧，因為妳有著冬日君主的血脈。走進山莊裡面說不定就有方法了。」

「謝謝妳。」

「還有一件事情。」

「是？」

「如果妳又遇到無念，那主教的妹妹會是關鍵。」

「我知道了。希望之後還有機會再見。」

依蘭忽然又回復了最初的和藹態度：「一定會的。」

但那表情卻如蒙上暮靄般高深莫測，令冬青聯想到安息香，彷彿所有溫柔的話語，都不過是在圓謊，試圖不讓人們得知：明日我再也見不到妳，也不是真的那麼在乎。

冬青覺得依蘭過於客套了，而她的禮貌是出自教養，為了彰顯所處階級的高貴，若是面對熟人、沒必要偽裝的人、打從心底藐視的人，定然不是這般談吐。

不過，時候到了再說吧。

冬青靠近刺脊山莊的幻影，踏上像是用來幽會，閃閃發亮的夢徑。

傍晚時分，冬青又返回了人間。

太陽彷若雲層中燃燒的白金，遠方的蒼鉛色黑夜正朝大地攏聚。

她破土而出，吸到第一口新鮮空氣時，雙眼因受光刺激而流淚。

冬青用力咳嗽，鼻腔、嘴裡都是植物的根與黑土，她又乾嘔兩聲，竟吐出了一隻蚯蚓。

「我……真的復活了？怎麼可能？」

冬青望著渾身泥濘的自己，苦中作樂大笑，自己半神的能力竟然就只是復活或讓其他半神返祖嗎？或者走在天花板嗎？

「我還是我嗎？還是也會變得像依蘭那樣？」

她確認自己心跳時，才驀地發現雙手捧著安息香的彈簧刀。一股憂傷無端湧現：「連死了都沒能見到安息香一面呀……」

一瞬間，她甚至有種錯覺，安息香這個人，說不定只是冬青的大腦為了對她可悲的靈魂開玩笑而創作出來的幻影。

「為什麼要殺我？」

她環顧周遭，花園有各種水果、農作物，陰影處還有傘狀蕈菇。

「該不會……這些植物都是用屍體滋養出來的吧。」

宿醉般的暈眩感彷彿是個抱著冬青腦袋旋轉的小鬼，不將她整得七葷八素，就絕不善罷甘休。

她匍匐爬行，努力喚醒麻木的雙腿。

冬青用手背擦掉眼瞼上汙泥，並奮力用手肘頂開那些帶刺的花莖。她現在的模樣，就像條躲在草叢中蠕動的巨大蟒蛇。

她的腳踝猝然被人緊緊抓住。在她驚叫出來以前，就被粗暴地向後拖行，她一邊蹬腿掙扎，一邊試圖辨認對方身分。

歷經無用的抵抗後，她被帶到了中庭，原來，擄走冬青的是無念信徒。

又是他。

紅栗的椅腳連接到四具女性軀幹，並由無念信徒跪地擁抱著，看起來就像是一乘獵奇的轎子。

屍花沿著他的身軀盛開至高椅，他消瘦到僅剩皮包骨，然而，幻獸刺青卻閃耀著異常璀璨的紅光。

更駭人的，是現在紅栗縫著女人雙臂，接合處蔓生罌粟。冬青絕望地看了他一眼，首先浮現腦海的念頭是「該不會那是畫眉鳥的雙臂吧？」

五十名教徒在他身後整齊列隊，帶著手槍、歪扭的鈍器、撬棍、冰鑿。

他們眼神麻木，看來若非是被法力操弄，就是吸了大量毒品。

紅栗奸笑的時候，嘴唇沒有改變外型，簡直像是頂著一張僵硬的面具，聲音則直接從肺部傳出。

「冤家路窄，看來冬日君主的血脈注定屬於我一個人。哈哈，所有東西都是注定的，妳逃不掉的，這些全部都是宿命中決定好是我的！」

紅栗的內容雖然激動，聲調卻像機械合成音，毫無起伏，呈現一種怪誕的對比。

「血脈……又是我的血，這血根本沒用，我什麼都做不到。」

壓力終於讓冬青的憤怒爆發，她豁出去般怒瞪對方。

她乍然想到依蘭給予的提示，狠狠道：「哦？你以為這樣子，到了地獄就可以脫罪了嗎？那裡可見不到你妹妹哦？」

紅栗不改神色，以拔尖的聲調說：「這招激將法沒用的，我們就是從煉獄所來，祂們是不虐待自己爪牙的。而且，我和我的妹妹注定要在那裡重逢，成為惡魔的國王與皇后。」

「也太噁心了，你這戀妹情結的變態。」冬青已不顧是否會激怒對方，撒謊道：「那你也太癡心妄想了，冬日君主告訴我，你妹妹不在那裡，你只是單純被廢墟惡魔利用了。」

紅栗搖搖頭，再次發出難聽笑聲：「如果妳見我所見，就能理解了。」

好不容易，冬青的腳回復了知覺，她狼狽站起，以近乎憐憫的口吻道：「你真可悲，那些只是祂們用來魅惑你的幻象。光是那組織叫做無念，就根本像是只打算用慾望來剝奪你們思考的權力，成為受他們控制的殭屍傀儡。」

這句話，好像也在說她自己。

有那麼片刻，紅栗宛如重獲人性，語氣不再狂妄，而像是受苦受難的孤兒：「有什麼差別？這世界本就是一堆注定逼瘋人的幻象。你知道嗎？那些你所珍視之物，本即是其他自私神明所設下的陷阱與誘餌，用來逼迫你完成祂們的目的，而多數是不會兌現的，但廢墟中的惡魔兌現了。」

冬青閉上眼，她驟然覺得自己好累，不想和這些人爭辯了。

旋即，他又恢復一貫癲狂：「好了，乖乖將血交出來，不就得了嘛。」

無念的信徒架住冬青，準備以小刀切開她的頸動脈。

她輕閉雙眼，平靜地接受第二次的死亡。

然而，無念信徒卻遲遲沒有下手。

AT從背後撲倒了他們，無情地撕裂兩名斗篷客的臉皮。

無念信徒也不甘示弱，以獵槍和左輪狙殺了先鋒。

冬青轉頭望向山莊，果不其然，是穿著雪紡紗，赤足而來的紫水堇，在她的身旁環繞著十多隻AT，牠們以快到留下殘影的速度，趕上、靜止、移動、凝視。

她手撫百合聖環，從容優雅走來，模樣好似少女帶著她殘破的魔法洋娃娃，趕著去赴一場幻想盛宴。

「滾出我的山莊。」她殺意騰騰。

「那可不行，我有很重要的任務。」

冬青見到他們轉移了注意力，立刻準備拔足狂奔。

「你在自尋死路，」紫水堇拍拍雙掌，後方小徑立即出現數十名戴著全罩安全帽的重型機車騎士。

冬青看得目瞪口呆，喃喃道：「都忘了，她也會有自己的保鑣。」

紅栗想是也沒料到這步，不自然地甩動女子雙臂，呼喊道：「我偉大的主人，我需要您的幫忙。」

本能驅使冬青趕忙逃跑，而無人注意到她的蹤跡。

紫水堇繼續前行，援軍已經停於身後，催著油門，蓄勢待發，她微抬下巴，目光鄙夷道：「沒用的，刺脊山莊附近是召喚不了廢墟的惡魔，祂沒膽子過來這裡。祂可受不了再次被封印千年。」

「那這樣如何？」

紅栗猝不及防彈指，無念信徒馬上連擊開槍，第五發恰巧擊中了紫水堇的肩膀。

「唔。」

紫水堇的手下們立即環繞住她，以肉身庇護。

無念信徒如蟻群組成的浪潮前湧。

冬青無暇回頭，只顧磕磕絆絆逃命，或爬或走。

冬青記不清自己是怎麼奔離刺脊山莊的，記憶一片空白，就像被人取走了片段。

她甚至忍不住懷疑，那地方真的存在嗎？要不是滿身汙穢髒土，血跡斑斑，她實在難以置信。自己曾經死而復生，差點又再次被殺死。

她不知道能去哪裡，只是一個勁逃跑。最後，身無分文的她，在街道徘徊一會兒後，竟回又到了初識安息香的公寓。

先前，她藏了些鈔票在地下室的洗衣房，或許現在正是應急的時刻。然而，歷經天鵝絨與無念的血洗，那裡如今成了廢墟。

不過這樣正好，冬青至少找到能過夜的地方。

即使那裡陰森可怖，險象環生，但她覺得若是能洗個熱水澡，以及睡在柔軟床墊的話，代價太過划算。

她握緊安息香的彈簧刀，從無人保養而長出紅鏽的半開鐵捲門進入。

除了滴水聲，與老鼠吱吱作響，冬青暫時沒有遇到什麼異狀，她驟然想起，無念與房客的屍體都被清理乾淨了嗎？

「算了，連我自己都是具屍體了，好像不太重要。」

但是她仍有呼吸，也有心跳，傷口也在癒合。

她一路往樓梯間走去，看來屍體都被清空了，倒是有些流浪漢的生活遺跡。隨處可見啤酒瓶、沾有口紅印的菸蒂、發黑針頭與反政府的塗鴉。

冬青依循記憶，來到寫著洗衣室的門前，嘗試開燈，但「喀達、喀達」，按壓了幾次按鈕，都沒有反應。

冬青只好摸黑走進地下室洗衣間。雖然內心有股陰霾揮之不去，但既然已經到此，也不得不前行。

隔了一會兒，冬青的眼睛稍微適應了黑暗，至少，能分辨物體的基本輪廓，已經停止運作的洗衣機，等待用的塑膠座椅，足以容納六人晚餐的長桌。

剛搬來時，她將一小筆錢收在信封袋，並包著塑膠袋，固定在最角落的烘衣機後方。

冬青嚥了口唾液，將手伸進去。沒有，被取走了，她有些失落。

「真倒楣。」

當冬青頹喪地坐到地板，有些自暴自棄時，見到了令她倒抽一口氣的場景。

桌下有一對泛黑的雙腳，她看見了左腳五趾，另一邊卻是右腳跟，分不清前後，上頭還戴著廉價水鑽串成的踝環。

冬青不敢探頭，反射性摀住了自己嘴唇，匆忙地在口袋尋找憎厭匕首。現在很黑，或許對方不會察覺到自己，她要主動出擊嗎？

那對灰色的裸足猛然往左移動了一步。

「哈囉？有人嗎！」

祂發出了聲音。陰森森地，既粗澀又無力。

她嚇得倒退一步。

對方立即注意到了冬青，亢奮地跺足。

「哈囉？不要緊張呀，妳也是來這裡探險的嗎？」

「是，是呀。」冬青盯著那雙腳，雙手緊握彈簧刀。

「太好啦，妳該不會也是來找光環女孩吧？」

祂的語調很耳熟，但冬青不敢多想：「我，我不清楚，光環女孩是什麼？」

「原來妳不知道哇，我查給妳看哦。」

冬青努力穩住呼吸。

咚。

是手機擱置在桌面的聲音。

「我不太方便拿給妳，但查好了頁面，妳可以看看。」

「好……」

雖然冬青也是死而復生，小時候甚至見過靈魂，但眼前的狀態，卻仍令她莫名發怵。

她不敢移開視線，只敢忐忑不安地將手伸上桌面，途中，她不斷擔憂會有隻屍白手掌，像恐怖片那樣忽然抓住自己。

不過看來是沒事了。

拿到手機，本來提心吊膽的冬青鬆了一口氣，黑暗中，只有手機螢幕是亮著。

她看到螢幕有抹血指印，手機殼是粉紅色的骷髏。

冬青感到腦門一陣暈眩，卻仍強行壓抑恐懼，屏息看著銀幕的文章。

也是出自「異想巢穴」的網站，標題寫著「光環女孩」。

不少人會連續夢到一名單眼發光的裸體刺青女孩，通常她的脖子會有瘀傷，剃掉頭髮的頂部有縫痕。

夢境中一直可以聽到無線電波的雜訊，有人說背景是地下室，也有人說是在靈骨塔，不過通常夢境都不會持續超過兩分鐘。

光環女孩會一直拍手，並且無聲呢喃，她的手腕內側會流出類似水銀的液體。有曾經懂得讀唇語的目擊者翻譯光環女孩的呢喃，大約意思是：「我來自不同維度次元，請讓我回去，請讓我回去。」

多半目擊者醒來後，都有兩個共通點，一、家中仍有音響或者電腦、電視等電子產品未關閉，二、四個星期內有鄰居非自然死亡。

「謝謝妳，我看完了。」冬青將手機放回桌面。

「欸問妳唷。」祂的聲帶感覺震動得很吃力，像是長滿厚繭。「妳為什麼會想來找光環女孩啊？」

「我喔……」冬青胡謅出一個理由：「聽說，有個網站在徵求超自然影片，有獎金那種，就想碰碰運氣看看，那，妳呢？」

「我，我，告訴妳一個祕密，妳相信黑魔法嗎？」

冬青汗顏：「是，我相信？」

「這樣啊啊啊，」祂說話開始變得模糊吃力：「真是太太太太好了，我以前研究很多很多黑魔法，其中一個是是是能夠，在我死後，自動復生我的咒咒咒語。」

「所以，」冬青小心翼翼詢問：「妳是死而復生？」

「對對對，不過有些部分好像不見了，記記記憶也怪怪怪的，所以我得問光環女孩，聽說她也是是是受盡折磨的亡魂，順便執行別別別的儀式。」

受盡折磨的亡魂？聽起來很不妙，但冬青現在只求祂快點離去：「那祝你好運。」

「謝，謝。」

箜咚！

祂似乎從門口爬了出去，撞到通風管傳來巨響。

她癱軟在地，終於能大口喘息。暗自禱告，今晚遇到的事情夠多了，讓她歇息一會兒吧。她像是同手同腳前進的路人，側面被黏在了冰冷、散發霉味的地板。或許，真的是因為太累了，冬青一閉眼，竟然就這麼維持著滑稽的姿勢陷入熟睡。

她夢到了光環女孩。

坦白說，冬青甚至無法確定自己是否在清醒時，遇見了怪異幻象。

祂漂浮在黑暗中，映著淡淡柔光。

祂並不如網站形容地那樣猙獰可畏，反倒像是AT那樣，給了冬青一股熟稔感。

祂赤裸著身軀，單眼發光，傷痕累累，像是受到嚴酷虐待。

祂發出像是風吹小竹葉的沙沙聲。而夢的世界中，冬青竟然能夠理解祂想傳達的內容。

祂要求冬青制止廢墟惡魔與無念，祂們已經殺死了紫水堇，並且嘗試佔領刺脊山莊。

絕對不可以讓祂們用紫水堇的屍體釋放黑彌撒聖者，否則後果將不堪設想。

「黑彌撒聖者是什麼？」

當冬青想進一步追問，光環女孩卻豎直刀傷累累的手指。

「頂樓。」

她有種非常不妙的預感，邊拔出憎厭匕首，邊如貓拱背跳起，像是動作電影中演出的女主角，幾個動作，就奔上樓梯，無須喘息直達最高點。

當時的記憶重現，畫眉鳥嘻笑開門的身影歷歷在目。但這次，頂樓的人影除了臉部的輪廓之外，已經幾乎沒有任何一處交疊。

祂包在一件深黑風衣中，纖纖玉足，一正一反，臂膀斬斷處有無數隻渦蟲不規則騷動。果然，祂有著畫眉鳥的面孔。

仰頭狂笑，牙齦都是黑色的，舌頭被一隻古怪的黑蟬取代。

此刻，忽而夜空風雨交加，閃電像是被這棟建築物吸引般，不斷嘗試延伸至此。

「妳在做什麼？」冬青嘶吼。

地板排序著貓與狗的屍體，即便打溼了毛皮，卻因沾染了煤油而持續燃燒。

「我我我我，我最好的朋友，龍芽消失了了，我最深愛愛愛愛，我要叫回叫回。」

祂像是壞掉的收音機，斷續重複。

冬青沒有聽過龍芽，但她瞬間連結到畫眉鳥曾經說過，她有位親密姊妹，據說被天狗神隱，或者是墨浪夫人帶走了她。

但不論是何者，依照她的經驗，復活任何人都沒有好下場，她以手遮著石子般的雨滴，竭力大喊：「放棄吧！讓她永遠死去吧！就像妳一樣！」

「閉、閉、閉嘴，妳又懂，懂懂懂什麼？」
冬青眼見勸阻無效，遲疑著，是否該像安息香那樣，直接揮舞憎厭匕首，打斷這危險儀式。
然而，木已成舟。雨勢沛然，雷電更為猖狂。
周圍齊放出閃閃爍爍，讓人迷惑的光芒。
刺眼的亮度讓冬青受不了閉眼。
當她重新張開眼睛時，竟見到安息香的亡妻躺在魔法陣中央。
「依蘭？」
她想到異域的本人曾說，她的軀體被人占據了，莫非，就是叫作龍芽的女子？
一時半刻，冬青根本不知如何是好，只見不省人事的女子忽而觸電般晃動軀體。
頓時，大地四分五裂，鋼筋與水泥像餅乾般被撕成碎片。
龍芽的魂魄離開了軀體。
祂將蒼白霧靄吸進口器。須臾，黑蟬便如一支受到共鳴的音叉，急速震盪。
她們合而為一了，龍芽與畫眉鳥。
祂的身體像是隨時會分崩離析，脖頸浮現了痛苦，想要衝破肌膚的人臉。螺旋殼的皺紋在表皮轉動。
「快住手呀！」在她叫喊同時，焦黑的貓狗屍體，竟以悲慘姿態起身。張著沾塗黑炭的獠牙，虎視眈眈地包圍了冬青。

冬青無意識地模仿了安息香的行為，將憎厭匕首護於胸前：「妳的兒時玩伴，不可能會想要這樣的。」

冬青忽然聽到鈴鐺聲。接著，腦袋出現未曾聽過的女聲：「沒用的，妳無法使用憎厭匕首，召喚冬日君主吧。」

「住、住、住口，妳又懂懂懂什麼了？」祂的聲音變得淒厲。

不懷好意的怪物們越來越靠近。她提高音量：「冷靜點，妳不會想要這樣的，把兩個靈魂困在一個不完整的軀體中。」

叮，又是鈴鐺聲。冷冽，不帶情緒。

冬青無計可施，只好用憎厭匕首割開掌心，將血抹在臉頰，大聲呼喊：「冬日君主，身為你的後裔，我需要你的幫助。」

語畢，氣溫驟降。

萬物旋即覆蓋了一層薄霜。

雨止，雷息。

冷霰輕下。

冬日君主隨風而至，舉止飛揚跋扈。

「嘖。」祂像是剛參加完社交派對的紈褲子弟，雙眸恍惚醉醺。一臉不耐煩地把手插進纏繞在頭髮的電漿管線。

天空落下了靛藍細雪。

冬青觸碰到細雪瞬間，體內擴散出一股暖意。她感受到幸福與甜美倏然洋溢。

怪物卻像泡進硫酸，溶解到連皮毛與骨骼都不剩。

而那龍芽與畫眉鳥融合的怪物，則一邊尖叫，一邊像是根燃燒後的火柴迅速跪倒，失去任何生命跡象。

至於依蘭的身體，宛如大雨洗滌後潔淨。

祂落在冬青身旁。

一切又歸於平靜。剎那間，她對於擁有這般力量的冬日君主既好奇，又膽怯。或多或少，對於祂強大的力量感到敬畏。

她完全不了解對方，更沒料到祂外貌與人類如此相似，打扮還酷似前衛樂手。雖然輕浮，冬青並不真的排斥，反而聯想到了兼具酒神與太陽神性格的詩人。

於是，冬青鼓起勇氣問：「冬日君主，你要怎麼處理這具軀體？」

祂自口袋取出膠囊與藥丸，溢滿掌心，祂將那些散發鮮豔糖果色，七彩魚卵似的藥物盡數吞下：「哦是妳……真是罪孽。」

「你的意思是，我是個罪孽嗎？」

祂直走往前，只顧抓起畫眉鳥的屍體，毫不猶豫地扯開對方的風衣：「當然不是在說妳呀，省省吧，妳沒那麼重要，是我們的血脈過於強大，導致後人常被獵殺。所以最後就只剩妳了。」

冬青不忍直視，別過頭去，看著城市的燈火：「那你呢？只要願意就能再擁有孩子吧？」

祂不知道處理著什麼：「嗤，我百年來只有一位配偶，她去世了，我就不可能再和誰有孩子。」

「嗯，」冬青點頭，把視線挪回了依蘭：「說到戀人，她是安息香最深愛的人，你能不能救回她？」

「好像有些印象，但想不起來了。不過，可以，但我不要。」祂抖落鞋子上的水垢，撣了撣衣袖，又繞了回來一番巡視。

「你為什麼那麼討厭安息香？」

祂又吞了數顆藥丸：「我討厭所有的烏鮫一族。」

冬青倏然靈機一動，機靈道：「你知道失去深愛之人的感覺。」

「所以呢？這很好啊，安息香永遠都得被懊惱折磨。」

她嘲諷道：「那看來你要失望了，安息香和他的妻子都死了，靈魂看起來像是在那個叫做異域的地方重逢了。如果你覺得安息香回到這世界，對你是很大威脅，那不如復活眼前的女人拆散他們？」

「嗯……有點意思。」祂露齒而笑，兩、三步就走至依蘭所在之處。「反正他們也不待在刺脊山莊了，不需要被監視。」

「什麼意思？」

冬日君主沒有回應。

冬青靠前，轉移話題：「你為什麼會去挑戰日本的神明？和你的愛人有關嗎？」

「話有夠多的，呱呱呱呱，真不知道這德性像誰，問題一堆，我要專心，不要吵。」

於是，冬青閉上嘴。

冬日君主蹲下，恣意翻動依蘭，彷彿那是具賣場的塑膠模特兒：「好無聊，隨便講講什麼。」

冬青並沒有閒情逸致回嘴，而是嚴肅道：「你真的能夠復活她嗎？不會再像之前一樣？」

「當然沒問題，把安息香那個匕首給我。」

冬青突然心生戒備：「你要做什麼？」

「別管。」

「你不告訴我，我就不給你。」

冬日君主顏面抽搐，低語吐出一連串冬青聽不懂的語言，但她猜都是髒話。

「我現在太虛弱了……之前的傷還沒好，剛剛路過歐洲時，又被一個叫大麻之子的傢伙劈了下來，現在快掛了。說不定哪裡路過的小鬼都能把我分屍。」

她躊躇後，才想到了一個方法：「給我幾樣東西交換。」

「隨便啦。」

冬日君主從外套內側拿出一張車票，還有無輪廓的面具，丟在地板。

「這是？」

「不知道，隨便拿的，快將匕首交給我。」

她將憎厭匕首交給了冬日君主。

沒想到，彈簧刀竟然燒得冬日君主掌心焦黑，祂卻完全不在意。

祂優雅地轉動手腕，像是要切割下一片黑暗的橢圓。冬青並沒見著任何異狀，但依蘭的雙頰緩緩回復了紅潤。

「成功了？」冬青同時欣喜，但竟也有幾分落寞。

其實，連她都不清楚自己的意圖，為什麼不是慫恿冬日君主復活安息香？

單純是因為她也深怕像這樣美麗的軀體腐壞嗎？還是，其實她也真如自己所說的，心底是希望拆散兩人的？

冬日君主則像是拋擲一件無用的垃圾般，把彈簧刀棄置地板後，以傲慢自大的方式走往畫眉鳥的屍體旁。

而五味雜陳的冬青，選擇照顧依蘭。

轉眼，依蘭睫毛輕顫，柔軟的胸部開始上下起伏，她輕啟薔薇色的口腔，甦醒了過來。

「這裡是?現世?」她並沒有過度反應。

冬青幫助依蘭坐立，面有難色地回：「是呀，妳復活了，歡迎回來。」

卻沒料到，依蘭一點都不慌亂，平靜無波說：「這是……報復我讓妳復活嗎？」

冬青啞然苦笑，暗想，什麼時候活著已經成為一種懲罰了？

不等冬青回應，她繼續漠然道：「也罷。我已經習慣你們為所欲為了。」

冬青扶額說：「唉……妳和安息香真的有夠像的。」

「所以說，復活我的，是冬日君主嗎？」

「是呀。」冬青一碰對方，就縮回手，她好冷，體溫好低。

「看來，真的像其他神所說的，已經因為多年寂寞而失去了神智。」

冬青聳聳肩，吸吸鼻子：「我不知道，這是我第一次見到祂。」

兩人面面相覷，陷入一股微妙氛圍。

而這安靜立即遭受打斷——

「就是你吧！害我一刻都不得安寧！」從畫眉鳥的屍體爬出了巨大肉團凝聚的怪物。像是響尾蛇般嘶嘶嘶尖叫。背後湧出數千隻青藍觸手。瞬間，如箭雨般刺穿了冬日君主的身軀。

祂表情呆滯，難以置信的瞪著龍芽。

不僅冬青，連依蘭都驚訝得亂了方寸。可是，冬日君主不發一語，俐落掙開，脫掉了軍服樣式剪裁的大衣，揮舞精緻的陶瓷手臂，上前和肉團怪物扭絞在一塊。

「別愣了，快走吧，麻煩妳扶我一下。」

「哦。等等，我先去拿匕首和那些東西。」

她們帶走憎厭匕首、神祕的面具與車票，將冬日君主拋在腦後，連忙趕下樓。

冬青準備直接逃離公寓，但在下樓時，依蘭竟主動抓住了她的手臂。

「等我一下。」她停留在其中一間房門前。「把面具交給我。」

這時，冬青才猛然驚覺，這個面具，之前追殺過自己的西裝男人曾經戴過，但她並不理解其功用。

冬青猶豫幾秒，最後，卻被依蘭堅毅、篤定的眼神說服，還是把面具乖順地交了出去。

那一刻，依蘭竟謙卑地點了點頭，發自內心的向冬青道謝。

冬青這才有空能端詳依蘭，她膚若凝脂，白裡透紅，黑緞洩地，一點都不像剛回到塵世的模樣。

果然，她徹底輸了，不會有人能抗拒這剛柔並濟的美麗女孩。

「我要進去這房間，妳數到十秒後，再跟著進來。」

雖然不明就理，但冬青應了聲好。

嘎喳，依蘭提著面具開門入內，沒有上鎖。

十、難怪安息香會喜歡她，九、八，她要做什麼？七、六、專心呀，五、四、為什麼明明冬日君主那麼強大，身為祂後裔的我，卻總是被玩弄於鼓掌之間，二，原來冬日君主那麼深情，失去了某人才喪失理智，所以我很像祂嗎？一。

冬青跟著入內。

她情不自禁地激昂大喊。而依蘭只是將玉指豎於唇前，示意她噤聲默語。

冬青差點流下喜悅的眼淚。

安息香躺在沙發上，沉眠地如嬰兒般香甜，露出從未見過的祥和表情。

依蘭脫下面具。

「妳……該不會？」

「嗯，我改變了極小幅度的過去。」

九、黑彌撒聖者

冬青抬頭仰望，此刻，夜空並不是均質的，紫紅與淡藍交織，蒼鉛色的霞層暈開了七彩與銀色。

那些秘晶體片岩，散落於珊瑚海般的淺綠天穹，像是由幻夢落瓣鋪滿水面的花之浮橋。

當安息香、依蘭、冬青回到刺脊山莊之後，發現這裡儼然歷經了一場瘋狂屠殺。

他們步入花海如織的庭院。視線所及皆是鮮血與汙泥，荒煙遍處，萬物殘破不堪。

一具赤裸胸膛的少女屍體，被插在水池的雕像之上，海神的戰矛自她咽喉筍出。她的肋骨如盛開罌粟，朝天綻放。鮮血浸透的長袍從腰部撕裂，纏繞著大腿，隨風凋零。

靠近噴泉附近，數具身軀以不正常的姿態扭曲，關節遭到反折。還有些還被剮出了內臟翻覆的重型機車熊熊燃火。

濃郁的硝煙與血味瀰漫庭院，遭肢解的屍塊從階梯滾下，拖曳出血漆的紅地毯。冬青可以聽見角落傳來無數尖聲啼哭。

映入眼簾的種種景色，讓三人同時聯想到了異域。

風勢強勁地吹散了冬青的髮絲。她朝前方的安息香與依蘭看去，兩人只是靜靜地矗立在畸形、腐敗的場景前，緊緊交扣著彼此十指。

而所有場景，此時在冬青眼裡看來都既殘暴又抒情。

才經過不到二十四小時，這裡已經屍橫遍野，慘不忍睹。

「得快點，他們應該開始儀式了。」安息香直直朝宅邸奔去，口裡碎唸：「這裡果然是刺脊山莊，它偽裝了自己，」

「安息香，」奔跑於後方的冬青瞄了眼依蘭，發現她沒有特別反應，才繼續補充：「我們現在要做什麼？」

答話的卻是依蘭，她的腳步意外輕盈：「估計妳遇到的光環女孩，就是紫水堇失蹤的姪女，她警告我們得阻止無念信徒解開黑彌撒聖者的封印。」

「黑彌撒聖者？那是什麼？」冬青皺眉，她已經聽到這名詞多次。

但安息香與依蘭無暇回應她的疑問。

一踏入刺脊山莊，安息香就感應到有股源源不絕的法力，像是無窮無盡的泉水自地底深處湧出。

「這裡。」他邊說邊動身，往一條斜坡走去。

有條窄廊，被夾在遞減高度的石膏牆中，寬度僅允許兩人並肩而行，他們須稍微側過身軀才得以通過。

走在前方的安息香與依蘭，陡然傻眼，震驚到無可言語。

「怎麼了？」冬青望向那道刻滿咒文石門，不動如山，有著像是星座與百草圖的雕刻。

他們魂攝色沮的呆立好半晌，安息香才說：「為什麼這東西會在這裡？」

依蘭輕點安息香手背，安撫道：「快走吧，現在沒空管這些，我們還得趕著去阻止黑彌撒聖者。」

冬青看得一頭霧水，不過，她也趁勢抓到時機點，緊盯著兩人問：「那個黑彌撒聖者到底是什麼？」

兩人對視一眼，才由依蘭解釋：「黑彌撒聖者是新神之中，唯一有能力與古神抗衡者。」

「嗯，有種說法，祂也是個古神，總之，祂會遵照黑彌撒之約，聽從命令。」安息香補充。

「黑彌撒之約？」冬青皺眉：「總覺得有股說不上來的不對勁。」

「沒時間了。」依蘭打斷。

「不覺得太碰巧了嗎？而且為什麼紫水堇要謀殺我？」

他們同時聞到股濃郁的血腥惡臭。

三人極具默契地退至長廊出口，轉了方向奔跑，果然，在一間祭祀聖殿，他們看見紅栗，以及紫水堇的屍體。

安息香並不清楚此祭壇本是用來供奉何種神明。只見本該為聖泉處的泳池，已經化為血潭。描述騎士團故事的壁畫破損了好幾處，雕像的頭顱則都被一一擊碎。

地板以血液繪製了複雜的法陣，中央躺著紫水堇的屍體。

她衣衫襤褸，全是縫痕，像是先被切為數塊後，再重新拼湊。

而極其怪誕的，在她軀幹兩側縫合著強尼兄弟的屍體，它們以額相連，看上去就像一座半圓的隧道與列車鐵軌。

脖頸的百合聖環像是遭受火焰燃燒過一樣，邊緣焦黑蜷曲。

四周則都是蓋上了白布的屍體。從露出的洋裝與屍灰色殘肢判斷，那應該是AT。

冬青卻一反往昔疏離，對於這些慘酷的場景，她漸漸司空見慣了。

而這裡並沒有無念教徒，僅有紅栗一人。

他像是具腐爛多時的腫脹屍體，連眼皮都快睜不開來了。曼陀羅、安妮女王的蕾絲、雪株花、鳥羽玉、馬瘋木、牡丹虞美人、像是掛著一滴血的心臟花朵。各種有毒的植物吞噬了他。

怎麼可能？這無念主教一個人就有那麼強大的力量嗎？冬青納悶。

「住手！」安息香嘶吼，冬青從未聽過他以如此大聲音咆哮。

紅栗發現三人，狂妄輕蔑的口吻叫：「是你們這三隻小蟲子。」

依蘭煩悶道：「停下來，你現在面對的，是你根本完全不理解的力量。」

紅栗放聲大笑，毫不掩飾對依蘭的鄙夷。

依蘭似乎被這挑釁惹惱，她加重語氣：「現在還在洋洋得意？都不曉得自己只是個可悲的奴隸。看看你身體殘破成這樣了，被當垃圾丟掉只是遲早的問題。」

「奴隸？」紅栗甚至已經無法控制身軀，只能倒陷在那張奇異的高腳椅之中，完全無法使用發黑的女子手臂。那萎靡模樣讓冬青不禁再次懷疑，他是怎麼殺死能控制ＡＴ與擁有傭兵的紫水堇？

「妳就儘管嘲笑我吧，像其他人，而妳不知道的是，這個遊戲，一旦先抵達終點的人才是贏家，就算身體支離破碎，勝利還是勝利者，只要召喚出黑彌撒聖者，無念與廢墟惡魔控制住祂，要多少法力都不是問題呀……」

「替我爭取時間。」安息香低語。

忽然，冬青不知哪來的勇氣，冷笑一聲，判若兩人地朝紅栗走去，姿態悠然自得：「你根本只是因為害怕吧？你還是人類的時候，實在太過弱小，意志力不夠堅定，才捨棄了做為人類的責任吧，真是可悲的懦夫。我遇見過你妹妹，她知道你這副德性，失望透了。」

紅栗想笑，最後卻只能淒涼咳嗽，以將死之人般的虛弱語氣說：「妳以為那套故弄玄虛能夠唬住我嗎？」

「那為什麼？你來自地獄，通靈了那麼多次，都沒有見到你妹妹？」冬青繼續往前，發現當紅栗將注意力集中在自己身上時，安息香與依蘭已經悄悄動作。

冬青抿唇，嘗試揣摩紫水堇的神色，假扮成狂妄美豔的貴婦：「你忘了？我可是死了又復活過一次，我甚至是冬日君主的血脈。卻從沒在哪裡看見過你妹妹。」

「閉嘴！」紅栗用盡力氣咆哮，卻因為過度施力，下顎直接應聲斷裂。整座禮堂瞬間震動幾秒，壁畫紛紛碎落。

銀器東倒西歪，燭台應聲砸地。

冬青毫無畏懼地靠近，仍未有打退堂鼓的跡象。她跨過紫水堇屍身瞬間，腦袋遽然閃現一個念頭，紫水堇即使通曉算計，家族企業，棋局，卻不懂，人們的情感才是最大變因。

「人類受到肉體與意志的侷限，本就非常脆弱，但就是因為這樣，才擁有更加強大的信念。」直到近得足以碰到彼此，冬青才昂首道：「如果真像那些神不老不死，才不會去因此珍惜什麼。」

紅栗彷彿耗盡最後一口氣，神態恍惚，吃力說：「少自我催眠了，看你們這些喪家犬的自慰狂吠真是爽快，關於我們的神你又知道多少？你現在的舉止就像是個害怕瓦斯爐的猩猩罷了。」

冬青只是搖搖頭，後退了一步：「很遺憾，我很確定你只是被利用了。」

唰！

安息香從後方突刺憎厭匕首，自紅栗脖頸沒入，咽喉穿出。

他甚至沒有掙扎，就坦然接受了這樣的命運，只是發出了「唔」一聲，就朝旁邊跌去，離開了劇毒植物繚繞的寶座。

「結束了。」安息香用紅栗的斗篷擦乾刀刃上的血跡。

鮮血的潮汐迅即浸透植物，盈滿了葉片與花瓣，血跡冉冉向外擴散。

三人如釋重負，鬆了一口氣。

安息香與冬青雙雙走回依蘭旁邊，聚在那夢魘中才會出現的產物旁。

「要怎麼辦呢？」冬青問。

「把她埋在自己的花園裡吧。」安息香說。

驀地，冬青邊拉開兩人，邊大喊：「小心。」

紅栗的屍體倏然睜眼，開口說：「你們太天真了，無念的信徒們，從頭到尾都是我的棋子，所有他們的想法都是我給予的，滿足他們渴望，就像餵飽一群老鼠，好讓牠們替我散布疾病。」

祂的血化作一條蜿蜒赤河，宛如有了自我意識的怪蛇，朝紫水堇的屍體爬去。在他們尚未反應過來時，便觸碰到了紫水堇。

她的腹部開始凸隆，浮出藍色海蛇般的血管。

安息香、依蘭、冬青立即退步好幾公尺，霎時，不知該如何以對。

「儀式還是成功了嗎？」冬青問。

那肚子已經膨脹至一名成年人蜷曲膝蓋的大小。

強尼兄弟的屍體，彷彿兩個緊緊將顏面黏在孕婦肚皮的父親。

「怎麼辦？」依蘭問。

「我覺得……」

肚皮從中一分為二，噴發了大量蒼蠅，卻不見半滴血液。

裡頭有一名穿著黑禮服的女子。

祂肌膚異常白皙，戴著血紅色鑽石。安息香馬上推測出，那應該是就是墨浪夫人。

祂從紫水堇的體內站直，卻遲遲沒有邁出步伐。

「墨浪夫人？」安息香拔出憎厭匕首。

祂面無表情地凝視著三人。

室內陷入一股充滿敵意的對峙，雖然不清楚墨浪夫人來歷，但明顯絕非善類。

祂突然開口，打破劍拔弩張僵局，嚇得眾人身子一震。

「冬日君主的後裔，烏鮫的後裔，為什麼你們老是要來妨礙我？」

安息香詫異瞪眼，那是他再熟悉不過的聲音。

墨浪夫人的臉變化成了男人，變化成了安息香的兒時玩伴。

「妳？假冒了他？」安息香激動得難以自拔，臉部甚至都隱約透出了鱗片紋路。

「不止如此。」墨浪夫人的聲音轉得更低沉：「我也引誘了他墮落。」

冬青瞄了紅栗屍體，臆測墨浪夫人講的就是這個人吧？誰知，紅栗的屍體驀然動起，宛如提線傀儡般，爬了過來。而白布下的AT，須臾抽動了幾下。

寒意從冬青的骨髓深處竄出，她戰戰兢兢道：「我本來就一直困惑，AT怎麼可能輸給無念的信徒，妳手上拿到的百合聖環本來就無法完全控制AT對吧？」

而過於憤怒的安息香，根本不在乎這些：「妳到底想要做什麼？」

「哎呀，我不想要什麼，是最近地球瘋了一個古神，祂要屠殺我們，當然也包含你們這群脆弱的小半神。」

連依蘭都不禁喝斥：「所以妳搶著要召喚出黑彌撒聖者，來控制新神們對抗祂？那古神到底是什麼？」

墨浪夫人優雅一笑，以紫水堇的嗓子說：「不愧是我的乖女孩，是，祂的名諱隨著最後一位子民死去而被遺忘，但人類最近開挖到的古遺跡，誤觸了祂的壁畫，又將祂釋放到了這世界。我將烏鮫的後裔帶來刺脊山莊，就是為了讓妳看好他，不讓他在喚醒儀式的時候妨礙我。」

「那幅壁畫？那道門？」冬青暗暗想。

「讓我看好他？」依蘭不安地湊近了安息香。

墨浪夫人掩嘴而笑：「乖女孩，妳還沒意識到自己的半神之血是誰的嗎？」

「不可能，」她詫異得直搖頭。「就是……妳嗎？」

「不要否認了，妳心知肚明呀，嘻嘻。」

「是怎麼樣都不重要。」安息香牽住依蘭的手掌，凜然道：「不論妳之後要用什麼方式控制她，都是無用的。憑妳的本事，不敢與我正面交鋒吧。」

墨浪夫人語帶戲謔說：「當然呀，我倒想知道，誰會真的不怕被憎厭匕首砍了。」

此刻，紅栗的屍體，終於拖行至紫水堇旁，祂們扭絞在一起，緩緩重組，成為一團噁心的肉塊，顫巍巍立了起來。而墨浪夫人，此刻就像從祂懷中分岔出的枝條。

這畫面連依蘭見了都深感不適，而安息香只是冷冷說：「看來妳的新相好，是廢墟中的惡魔吧。」

祂說話時，開了所有屍體的口，夾雜著紅栗、兒時玩伴、學長、畫眉鳥、紫水堇的聲音。

「我們本來要讓公主誘惑你，控制你用憎厭匕首幫助我們。誰知，你發現了冬日君主，他硬要攪局，把一切狀況都搞得亂七八糟。還查覺到那是我的血脈，殺死了她。」

依蘭忽而在安息香耳畔低語，連冬青都不知道她說了什麼。

墨浪夫人與惡魔的融合體只是繼續道：「之後，你嚇得逃走了，我只好讓這人，」祂指了指紫水堇：「再去殺你一次。我綁走了她深愛之物，要她殺死你，但她不願意親自動手，所以只好派你去古神僧侶那裡送死。誰知道你還帶了個小丫頭，只好陪葬了。」

兩人緩緩退步，安息香也用眼神暗示冬青後撤。

安息香強迫冷靜，將彈簧刀高舉：「你難道不怕殺掉我，就沒人用憎厭匕首幫助你們了？」

這次，僅有紅栗的屍體開口，祂囟戾橫暴道：「自不量力的小小半神。你充其量，就像美麗的鬥魚，自傲又美麗好鬥，卻養尊處優，只能靠別人投飼料呵護著，不切實際，沒有水就會死亡。你之所以還活著，只是因為我們瞧你有趣，才給你水和飼料，要摧毀你只是一瞬間的事情。就算不管你，你離開水缸也活不下去。」

紅栗話語方盡，墨浪夫人猛然歇斯底里打斷：「我們想把冬日君主的後裔餵給我們的奴隸。卻再次被你打亂計畫，你們到底想要怎麼樣，為什麼比神還難纏。」

祂同時揮舞了人體做成的鞭子，安息香來不及閃躲，被甩飛了出去。

他折成不自然的角度，墜落於地時，內臟俱裂，七孔流血。氣息微弱，卻立刻又被章魚般的觸手連續鞭撻。骨頭發出喀滋喀滋的聲響。

「安息香！」依蘭尖叫，卻自顧不暇，立即被各種毒草纏繞，渾身浮現嚴重疹子，止不住地乾嘔。那些根莖從她的嘴巴、鼻孔、耳朵入侵，她卻無能為力。

冬青的第一個念頭，是去撿起安息香的憎厭匕首，或者從依蘭那裡拿到朽葉之神的面具。但才沒奔跑兩步，軀體巨鞭卻又甩了過來。

她像是直接受到卡車撞擊，彈翻了出去。騰空時，看見了刺穿自己膝蓋的白色骨頭。

「我要把你們全吃了，看能增加多少法力，事到如今，你們不但毫無幫助，還只會成障礙。」

冬青不知道自己裂斷了多少根肋骨，腰部以下早已失去知覺。

「真的……要死了嗎？」

冬青的視線開始模糊，這次與上次不同，格外痛苦，而且她有種預感，他們的靈魂，不會再回到異域，將被完全吞噬，灰飛煙滅。

「快使用車票。」

這是冬青第一次聽見冬日君主耳語，語氣像是殷切關心孩子的父母，憂心忡忡。

「快點。」

她無計可施，驅使全身力量，將自己的血浸濕車票後，以指甲輕輕一撕，昏厥了過去。

十、蒸汽列車

列車航行在璀璨群星之中。

冬青在車廂中醒來。雖然，牙齦似乎輕微出血，視線也有些模糊。但大致上來說，她感覺得到軀體放鬆而帶來的舒適感。

發現自己依然在呼吸，忍不住落下了眼淚。

冬青聞到薄荷與咖啡的香氣，從有著滾燙金邊的柔軟座位中扶起身軀。

她眺望車廂的窗外，驚覺沒有任何隔閡用的玻璃，直通黑夜，彷彿伸手即能觸碰那些星體。

一顆顆星子像河底的小石子與砂礫，懸浮在一條牛奶河中。

絢麗壯觀的場景，讓冬青彷彿被奪了心魂般著迷。

好像巨大的海藍色玻璃器皿盛滿了璀璨精緻的美麗寶石，他們慢慢地、不朽且永恆地，繞著看不見的命運之軸旋轉。

倏然，從車廂與車廂間的隔門向旁滑開，走來了名奇特的男子。

他穿著深藍的空軍服，身體晶瑩剔透，無比雪白。與象牙木色系的壁紙非常搭調。

在冬青開口前，他先行出聲，話語卻不似從那靜止的雙唇，而像是透過額央直接拋射進了冬青腦海。

他的聲音湛然好聽。

「您好，我是這輛蒸汽列車的列車長，由海鹽、食鹽、葛宏德鹽之花、夏威夷紅土鹽、夏威夷黑鹽、沖繩雪鹽、珊瑚鹽、喜馬拉雅山玫瑰鹽、安地斯岩鹽、湖鹽、韓國竹鹽、日本藻鹽、猶太鹽、井鹽所組成。」

冬青瞧瞧自己，衣物煥然一新，是自己最喜歡的那套秋季長裙。頭頂款式嫻雅的女用帽，那是她曾在時尚雜誌看到過，一直很想要的名牌配件。

她滿是疑問，一晃頭，紙鶴造型的水藍色耳環便蕩漾搖曳：「我在哪裡？」

「冬日君主的蒸汽列車。」

冬青環顧車廂，並沒有看到安息香與依蘭，神色倉皇，唯恐他們沒有跟著上車：「我的朋友們呢？為什麼我會在這裡？」

只見列車長斯文道：「請無須擔憂，兩位尊客亦正在有床鋪座位的車廂休息，至於，閣下是車票的使用者，依照規定，敝人將在此為您提供所有服務。」

冬青恍然大悟，原來，冬日君主刻意留下車票並非偶然，而是未雨綢繆，緊急時刻給予自己的幫助，包含最後的耳語……

「我可以詢問你問題嗎？」

「我可以替閣下解答所有系統所知，冬日君主允許回答的問題。」

冬青有點狐疑，嘗試性問：「那……請告訴我關於蒸汽列車的一切。」

他打了響指：「好的。」

前排座位上方的螢幕亮起，黑底緩緩升起白字。列車長像朗詩般，富含音韻的讀著。

「本蒸汽列車專屬於冬日君主，並且聽令持有車票之人，由水晶質體的河豚拖行，只能在時間中逆流。

可是由於太顯眼，所以容易引起至尊黑白海豚的好奇心，時常被攻擊。於是，便使喚異邦巨人來做護衛。

不過，異邦巨人無法逆行時間，所以是身軀纏滿鉤子被車廂顛倒拖行的。有機會能眺望窗外一覽這奇景。

蒸汽列車公司也有其他型號，每輛列車，都從不同的世界末日發車，終點站為宇宙創作之初，但根據公司回報結果，首班車仍未抵達。

而預言中，一位異邦巨人將獲得逆行時間的能力，解放所有被奴役的族人。目前已被公司闢謠，請乘客們毋須緊張。」

冬青愣了愣，她端量窗外，確實在宇宙中航行，不過沒見到異邦巨人：「那麼，我來到蒸汽列車的目的是？冬日君主有交代嗎！」

螢幕又浮現了字幕，這次還有卡通版的示意圖。

「由貴乘客所在的維度，已經因為成功釋放了黑彌撒聖者，導致了最後末日，冬日君主設定的預訂站牌，是新神抵達地球以前。」

冬青打岔：「新神抵達以前？要做什麼？」

「恕敝人無能，並不清楚這點，但是，若以個人觀點猜測，應該是選擇毀滅，而不是囚禁黑彌撒聖者。」

她望著無垠遼闊的宇宙，幽幽問：「到底什麼是黑彌撒聖者？」

列車長發出清朗笑聲，以手勢示意冬青再次看向螢幕。

「黑彌撒聖者就是蟑螂之王。迎來末日的世界大戰時，惡魔的僕徒們會偽裝成人類的將軍，將一枚天使骸骨製成的砲彈擊向某座雨林。那將在中央溶解出一個通往無底深淵的大坑。

然後，大量的巨型蟑螂與蒸氣噴出。蟑螂之王有著上下顛倒的人臉。半是站立，戴著銹鐵鉤成的王冠，上頭有人類手指做成，正在燃燒的蠟燭。身體某些地方長了白色的細毛。

腹部的氣孔張闔時會露出裡頭的眼球，還穿著金幣編織成的冑甲。

行動時的聲音像是肉團到處撞擊硬物，拖行在地的聲音。

只要聽到蟑螂之王的聲音或者見過面貌的人，本身沒有任何信仰，就會患上讓肌膚腐爛的疾病長達十六個星期之久。

只要祂來到世間，方圓數萬里，離開人類視線的裝水浴缸或容器，可能忽然就會憑空出現蟑螂魚這種詭異的生物。

傳聞祂擅長獵殺神明。並到處尋找著末日手稿。一本用金髮裝訂，由極薄鐵片所製的稿紙，放在封滿符咒的資料夾中的散佚殘稿。」

「嗯。」冬青初略理解了來龍去脈。墨浪夫人與廢墟中的惡魔那麼大費周章，就是想控制黑彌撒聖者，好對抗發瘋的古神。

不過……她擰緊眉頭，厭煩想著，那又與她何關呢？

她總是小心翼翼，深怕受傷而與人保持距離，如今，她又搞砸了……所有人終將拋下她離開，為什麼她非得無私的援助這樣的世界。

「如果我選擇不要去那裡的話呢？」

列車長停頓一下，像是遇到了困擾的難題，謹嚴道：「那您可以選擇另一條路線，列車將為您轉向，直達黑彌撒聖者肆虐後的末日，無神的地球。」

「那裡……有著什麼？」

「根據資料顯示，什麼都沒有，眾神殞落，新抵達的你們，或許能佔有一席之地。統領世界殘餘的人口。」

聽來好誘人啊，只有他們。所有人都將是他們的子民與孩子，縱然憤恨，縱然對他們懷有癡、怨、妒、怒，也不得反抗，不得不愛去他們。

他們將主宰萬物，仁慈或毀滅僅靠一念之間。

「千萬不可以這麼做！」有人自後方車廂疾走而來，而冬青甚至毋須回頭，便認出了那是安息香的聲音。

冬青吸氣吐氣，鎮定心情後，才慢慢轉頭。

安息香牽著依蘭的手，大步走來，那刻，冬青覺得這畫面令她無比心痛。

冬青近乎是嬌嗔：「為什麼不可以？我們三個到新世界當神不好嗎？」

安息香肅穆審視她後，淡淡道：「妳變了，我難以想像妳會說出這種話。」

「你一開始就沒有多了解我吧？」冬青將目光落在兩人十指交扣的手掌，刻切道：「你們才很奇怪，老是用世界毀滅都無所謂的態度，現在又想要拯救所有人了。」

依蘭冷漠地反駁：「我們只是厭倦了，卻從來不會想要擁有或者毀滅這世界，不是這樣子的。」

那語氣像是根本不在乎對方是否信服。

一股無名火燃上冬青：「你們怎麼可能會懂我的心情，」

安息香凝神注視著冬青，緩和道：「人多半都無法得到自己追求的事物，就算得到了，也往往不久後就會發現那不是自己真正想要的。」

「我也是，我無欲無求，但是，安息香，你知道嗎？」冬青深呼吸一口氣：「我愛你，我想要帶你離開那醜陋的世界。」

無論是依蘭，或者安息香，對冬青無預警的告白似乎都不怎麼訝異。

他只是神色黯然地說：「這樣呀，但其實，走到哪裡都是一樣的。」

「不試試看又怎麼知道？我在乎你的那刻，就相當於囚禁了自己的靈魂，讓我失去自由，逼我不得不追求更強大的力量來嘗試解脫。」

這番話，讓兩人噤若寒蟬。

依蘭默不吭聲，而幾次安息香都欲言又止。於是，冬青又自顧自地說：「有時我真不懂，你們這群有能力又強悍的人，偏偏看不見自己的盲點。我是為了實現你才這麼做的。你為什麼就是不懂？我才不相信你們說的，你們明明就恨透了這世界。」

依蘭搖搖頭，輕輕道：「但是，即使妳擁有至高無上的法力，也有做不到的事情，妳無法讓深愛的人不要離開妳，讓不愛妳的人真正愛上妳，或者，阻止別人欺騙妳。」

冬青哭了出來：「我愛你，但那個世界對我們來說，實在太危險了，為什麼你就是不懂？」

依蘭乍然鬆開安息香的手，握住冬青：「我也是，我和你一樣，感受到常人心碎時的痛苦，才懂得去同情，憐憫他們，讓我懂得……去愛他們。」

冬青露出痛苦的神情，抽回自己的手，拉開了距離：「但我忌妒你們，怨恨你們，同時也羨慕、深愛著你們，我不清楚那些情感究竟是怎麼一回事。說不定，我得到支配這世界的力量，說不定就能得到一切答案，是你們，讓我首次擁有這樣的情感與念頭。」

安息香閉上眼，以顫抖口吻道：「我很抱歉，得到無盡的力量也無法治癒妳的心痛，我們也不是真正的神，不，我想就算是真正的神，也無法治癒這疼痛。」

「不好意思，打斷諸位，」列車長倏然開口：「聽到了閣下的困擾，我們有提供一個不用選擇的服務。」

三人同時盯著列車長，冬青趁機擦乾了眼淚：「什麼服務？」

「若是您不想做選擇，我們能以百年法力作為代價，送您回到所屬的維度。」

「什麼意思？」

「意思是，只要您支付自己的法力為費用，我們能將閣下的命令權轉移，您就可以選擇不要去末日後，也不用回到過去，而是回到原來的地方，過上安穩的生活，還有個附加服務：『我們能抹去您痛苦的記憶』，若有需要，連這些侵蝕心靈的記憶也都能全部抹去。」

他們剎那陷入一陣靜默。

無數種可能，閃過了冬青腦海，她垂首沉思，表情疲憊無比。

安息香終於向前一步，猶豫了片刻，才輕拍冬青：「這麼做的話，就能不用再受到這些痛苦的記憶侵擾，也不會被超自然的怪物們追殺。」

冬青神色惘然的思索許久，才黯淡道：「我要將列車的支配權轉移給安息香。」

列車長聞言，朝氣十足地回：「好的，其餘部分，我們到另外一節車廂詳談吧。」

安息香與依蘭目送著她的背影消逝在門後。

而那也是他們最後一次見到冬青。

他們沒有道別，態度恬靜，隔日又將相見一般。

反正，冬青終究會遺忘這一切吧。

日日，夜夜。

撚指數載。

轉瞬就度過了七十年。

今天，是一名女孩的十歲生日。

她短髮俏麗，有著一對水靈雙眸。老愛跟在大人背後，古靈精怪地探頭探腦。

她太期待啦，因為媽媽說，十年是個很重要的分界點，而這是她人生中第一個十年！所以，禮物會更加特別。

小女孩迫不及待，無法耐著性子等到白天。所以決定假裝睡著，十二點後再爬起來，卻沒想到，一個過頭就到了凌晨三點。

她匆匆奔下樓。為了不讓腳步聲吵醒任何人，她全程踮腳，鬼鬼祟祟。

雖然摸黑，但在這座宅邸出生的她，早對整間建築結構瞭若指掌。甚至連媽媽不知道的地下室她都去過，並且和關在裡面的巨大狗狗有祕密協議。

依照慣例，十二點後，父母就會把蛋糕和禮物放在她的書桌。

上週，她「無意間」透露，自己想要一組化學之花，或者想養一缸金魚。但如果收到的是小貓或小狗，她大概會快樂到發瘋尖叫，希望是挪威森林貓，不然就是哈士奇也很棒。

她鑽進書房，卻沒料到，在那裡看見一名舉止文雅有禮的長髮男子。

他氣息柔和，輕聲絮語地讀著母親與外婆的藏書。

小女孩非但不怕，卻有股莫名的親近感，畢竟，媽媽曾說，這座屋子會保護著她們，所以被允許進入的訪客，都是她的守護天使。

她躡足靠近：「你是誰？為什麼在這裡啊？」

他見到小女孩，驚喜微笑，模樣就像是遇到許久不見的朋友，眼睛都瞇成了溫柔的半月：

「哦，我叫安息香，曾經住過這間屋子。」

「安、息、香？」她一個字一個字吐出，轉轉眼珠，興奮道：「我知道你喔！」

「知道我？」

「我的曾祖母，還是曾曾祖母啊？在詩集裡寫到過你，還有一位朋友。」

他蹲下身子，讓視線與小女孩同高：「朋友呀……是在說依蘭嗎？但她正忙著治理我們的家鄉，沒有辦法過來，真的好可惜。至於詩集，冬青最後還是出了詩集嗎？」

「對啊！」小女孩一溜煙，跑到旁邊書櫃，抽出繪有帽子的書籍，神采飛揚地折返回來。

「給你。」

「謝謝。」

安息香接過，凝眸審視，書封古典高雅。

名字叫做《飛鳥與熱帶魚》。

他翻開第一頁。

獻給安息香。

全書完

釀奇幻59　PG2568

刺脊山莊

作　　者	班傑明
責任編輯	石書豪
圖文排版	蔡忠翰
封面設計	烏鴉巢
封面完稿	劉肇昇

出版策劃	釀出版
製作發行	秀威資訊科技股份有限公司
	114 台北市內湖區瑞光路76巷65號1樓
	電話：+886-2-2796-3638　傳真：+886-2-2796-1377
	服務信箱：service@showwe.com.tw
	http://www.showwe.com.tw
郵政劃撥	19563868　戶名：秀威資訊科技股份有限公司
展售門市	國家書店【松江門市】
	104 台北市中山區松江路209號1樓
	電話：+886-2-2518-0207　傳真：+886-2-2518-0778
網路訂購	秀威網路書店：https://store.showwe.tw
	國家網路書店：https://www.govbooks.com.tw
法律顧問	毛國樑　律師
總 經 銷	聯合發行股份有限公司
	231新北市新店區寶橋路235巷6弄6號4F
	電話：+886-2-2917-8022　傳真：+886-2-2915-6275

出版日期	2021年9月　BOD一版
定　　價	260元

讀者回函卡

Printed in Taiwan

國家圖書館出版品預行編目

刺脊山莊 / 班傑明著. -- 一版. -- 臺北市：釀出版, 2021.09
面；　公分. -- (釀奇幻 ; 59)
BOD版
ISBN 978-986-445-478-5(平裝)

863.57　　110009228